세월이
나를

빚다

세월이 나를 빚다

발행일	2023년 4월 24일

지은이	차가성		
펴낸이	손형국		
펴낸곳	(주)북랩		
편집인	선일영	편집	정두철, 배진용, 윤용민, 김부경, 김다빈
디자인	이현수, 김민하, 김영주, 안유경, 신혜림	제작	박기성, 황동현, 구성우, 배상진
마케팅	김회란, 박진관		
출판등록	2004. 12. 1(제2012-000051호)		
주소	서울특별시 금천구 가산디지털 1로 168, 우림라이온스밸리 B동 B113~114호, C동 B101호		
홈페이지	www.book.co.kr		
전화번호	(02)2026-5777	팩스	(02)3159-9637

ISBN	979-11-6836-824-8 03810 (종이책)	979-11-6836-825-5 05810 (전자책)	

(주)북랩 성공출판의 파트너

북랩 홈페이지와 패밀리 사이트에서 다양한 출판 솔루션을 만나 보세요!

홈페이지 book.co.kr • **블로그** blog.naver.com/essaybook • **출판문의** book@book.co.kr

작가 연락처 문의 ▸ ask.book.co.kr

작가 연락처는 개인정보이므로 북랩에서 알려드릴 수 없습니다.

차가성 에세이

베이비붐 세대로 태어나 격동의 세월을 겪은 삶
은퇴 후의 인생 제3막 일상 에세이

세월이 나를 빗다

70년 가까운 세월을 살아 온 저자가 알려주는
더 알차고 건강한 삶의 비결.
작은 것에 감사하며 행복을 느끼는 삶의 지혜 속으로
당신을 초대한다!

북랩

회사라는 조직에서 벗어나 자유로운 일상을 보내게 된 지도 벌써 2년이 넘었다. 처음 직장을 그만두게 되었을 때는 특별한 계획이 없이 그저 그동안 시간적인 제약으로 인하여 할 수 없었던 여행이나 하면서 때때로 오랜 친구들과 만나 술잔을 나눈다는 생각 정도였다.

그러나 코로나 사태와 손주들을 돌보는 일이 발목을 잡아 집에 머무는 시간이 많아졌다. 하루 종일 TV를 보는 것도 힘든 일이어서 책을 읽거나 동네 가까운 곳으로 산책을 나가는 일로 소일하였다. 집에 있던 책을 모두 읽은 후에는 컴퓨터 앞에 앉아있는 시간이 길어졌다.

컴퓨터 속에서 이곳저곳 돌아다니다가 전에 작성하여 두었던 자료들을 만나게 되었고, 조금 더 보완하여 책으로 내보자는 생각을 하게 되었다. 이렇게 하여 저술한 책이 여섯 권이 되었고, 내게는 '작가(作家)'라는 호칭이 붙게 되었으며, 책과 관련하여 TV 인터뷰를 하거나 온라인 강연을 하는 경험을 하기도 하였다.

지금까지 발간한 여섯 권은 모두 식품에 관한 것이고, 식품에 관한 지식을 누군가에게 전하고 싶은 목적을 가진 것이었다. 그런데 책을 쓰면서 특정한 주세나 식품에 대한 것이 아닌 평소에 내가 생각하고 있던 것들을 묶어서 펴내면 어떨까 하는 생각이 들었다.

코로나로 인하여 제약은 있었으나 사람들을 전혀 만나지 못하는 상황은 아니었으며, 가끔은 친구들을 만나 식사도 하고 술을 마실 기회도 있었다. 술을 마시며 이야기하다 보면 주제도 다양하고, 각자가 살아온 인생과 더불어 연륜에 따른 삶의 지혜도 묻어나왔다.

이 책은 친구들과의 술자리에서 내가 한 말이나 친구의 이야기에 공감한 내용 또는 말로는 표현하지 않았으나 그 자리에서 느낀 감정을 정리한 것이다. 그리고 일상생활을 하며 평소에 품었던 생각도 정리하였다. 식품에서 벗어난 주제를 다루고자 하였으나 내가 살아온 인생의 절반이 넘는 40여 년의 세월을 식품과 함께 하였기 때문에 어쩔 수 없이 식품과 관련된 내용이 많이 포함되었다.

어떤 화가가 한 폭의 그림을 그리는 데 1개월이 걸렸다고 하여도 그 그림이 한 달 만에 완성된 것은 아니다. 그 그림이 완성되기까지는 그 화가 인생의 모든 시간이 담겨있는 것이다. 이 잭도 그렇다. 이 책을 쓰는 데는 수개월이 걸렸을 뿐이지만 그 내용에는 내가 살아온 삶과 인생이 담겨있다.

차례

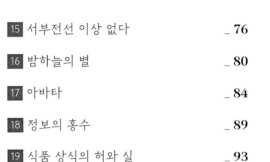

1.
명함을 정리하며

직장을 그만두며 책상을 정리하여 사물(私物)을 넣어두었던 박스는 집으로 가져온 후에도 한동안 그대로 두었다. 며칠을 쉬며 이제 은퇴하였다는 것을 받아들이게 되면서 비로소 개봉할 마음이 들었다. 다른 물품들은 바로 제자리를 찾아 정리할 수 있었으나 마지막으로 명함첩이 남았다.

당연하게 회사에서 사용하던 명함첩에는 업무와 관련하여 알게 된 사람들이 대부분이었다. 명함첩에서 앞으로 다시는 연락할 일이 없을 것으로 생각되는 사람들의 명함을 뽑아내며, 처음 인사를 나눈 때부터 업무를 진행하면서 맺은 그와의 인연을 생각해보았다.

사람은 살아가면서 여러 종류의 인간관계를 맺으며 살 수밖에 없다. 그중에는 혈연과 같이 자신의 의지와는 관계없이 태어나는 순간 결정되는 것도 있고, 학연과 같이 자신의 선택으로 정해지는 것도 있다. 어떻게 맺어졌든 관계가 맺어진 이상 피해 갈 수는 없으며 함께 살아가야 한다.

함께 살아가는 데 있어서 가장 중요한 덕목은 신의와 신뢰라고 하겠다. "저 사람은 믿을 수 있어" 또는 "저 사람에 맡기면 안심이 돼"라는 평가는 사회생활을 하는 원동력이 될 수 있다. 이런 신의와 신뢰가 부족하면 따돌림을 받게 되고, 일을 맡지 못해 낙오자가 되는 것이다.

"인간관계에 있어서 신용이란 은행에 저축하는 것과 같다"라는 말이 있다. 처음으로 만나 인사를 나누거나 명함을 교환하는 것은 은행에 통장을 개설하는 것으로 비유된다. 길거리에서 일방적으로 뿌려지는 명함이 아니라 서로를 인지하며 건네진 명함은 인연의 시작을 의미한다.

인간관계에 있어서 신용이란 어느 날 갑자기 생기는 것이 아니다. 오랜 기간 관계를 맺으면서 서서히 쌓여가는 것이다. 신용은 보통예금과 같아서 쌓이기만 하는 것이 아니라 줄어들기도 한다. 그 사람에 대한 믿음이 생기면 신용이 쌓이지만 실망하는 일이 생기면 신용이 줄어든다.

신용의 잔고가 많으면 그 사람이 실수하거나 잘못을 저지르더라도 용서될 수 있고 다시 기회가 주어질 수 있으나, 신용의 잔고가 적거나 마이너스 상태라면 좋은 일을 하거나 업무에 성취가 있더라도 인정받기 어렵고, 사소한 실수에도 치명적인 비난을 받을 수 있으며, 심지어 자신이 저지르지 않은 일에도 의심받게 된다.

명함을 정리하며 나의 인간관계에 대하여 반성해 보았다. 명함첩에서 뽑아낸 명함을 버리면서 "그 사람에게 나의 신용잔고는 어느 정도였을까?"라는 생각을 해본다. 나는 친구나 지인들에게 진심으로 대하였는지 반성하고, 관계를 유지하기 위하여 얼마나 노력하였는지도 반성하였다.

오랜 벗이야말로 신용의 잔고가 충분하여 어지간한 예금인출이나 마이너스 대출이 있어도 흔들리지 않는 고객이다. 친구들의 나에 대한 신용잔고가 줄어드는 일이 없도록 노력해야 하겠다. 그리고 그동안 소홀히 하였던 가족이나 친지와의 관계를 더욱 신경 쓰며 살고자 마음을 다져본다.

분명히 업무적인 일로 만난 사이지만 차마 버리지 못하고 다시 명함첩에 꽂게 되는 사람도 있다. 업무적인 관계는 끝났어도 신용잔고가 많아서 인간적으로 관계를 계속 유지하고 싶은 경우다. 이미 지나간 일은 돌이킬 수 없으니 이제부터라도 나의 소중한 신용 고객들을 챙기려 한다.

2.
반갑다 친구야

    나이가 들어감에 따라 남녀 간의 애정(愛情)보다는 친구 사이의 우정(友情)이 더 소중하게 다가온다. 지금까지 살아오면서 여러 사람과 인연을 맺었으나, 이제 와 돌아보니 지난 시절에 그렇게 없으면 안 될 것 같았던 그 많던 친구가 다 어디로 갔는지 모르겠다.

    친구는 단순히 잘 알고 지내는 사이인 지인(知人) 이상이며, 많은 시간을 같이 보내는 가까운 이웃이나 동호회 회원과는 다른 의미를 갖는다. 진정한 친구라면 항상 곁에 있지 않아도 문제가 되지 않는다. 이런 친구들과는 몇 년간 연락하지 않고 지내다가도 다시 만나면 전혀 떨어져 지내지 않은 것처럼 이야기를 나눌 수 있다.

    진정한 친구란 인생의 희로애락을 공유하였으며, 함께 있으면 편안하고, 아내나 자식에게도 말하기 어려운 속내를 털

어놓을 수 있는 사람이다. 진정한 친구는 내가 처한 상황을 이해해줄 수 있고, 진심으로 나를 걱정해주며, 아무런 보답을 바라지 않고 도와줄 수 있는 사람이다.

진정한 친구는 아무런 편견 없이 나의 말을 들어주며, 있는 그대로의 나를 받아들인다. 자신의 의견에 반대되는 주장을 하여도 불쾌해하지 않고, 간혹 격렬한 논쟁을 벌여도 그것이 서로의 우정에 아무런 영향을 주지 않는다. 진정한 친구는 내가 실수하거나 그릇된 행동을 할 때 그것을 지적하고 아낌없이 조언해줄 수 있는 사람이다.

진정한 친구는 별다른 이유 없이 문득 그리워지는 얼굴이다. 외롭고 쓸쓸할 때 부르면 만나서 함께 술을 마시며 말을 나눌 친구가 있다면 인생을 헛산 것은 아니다. 조용히 나의 이야기를 듣고 가만히 미소 짓는 그런 친구가 있다면 성공한 인생이라고 말할 수 있다. 그런 친구가 없다면 그것은 실패한 인생이라 하겠다.

그러나 내가 친구라고 부르는 사람 중에서도 진정한 친구는 몇 명이 되지 않음을 인정할 수밖에 없다. 대부분의 친구는 지인보다는 더 가깝지만 진정한 친구라고 부르기에는 다소 부족한 관계에 있는 사람이다. 또는 나는 친구라고 생각하나 상대방은 그렇게 여기지 않는 경우도 있을 수 있다.

그리고 진정한 친구와 보통의 친구를 엄격히 구분하기도 어렵고, 진정한 친구만을 가려서 사귀는 것도 비현실적이다. 지인과 친구의 경계에 있는 사람들이라도 만남이 잦아지면 진정한 친구로 발전할 수 있다. 새삼스럽게 전혀 모르던 사람을 만나 사귀는 것보다는 알고 지내던 친구를 더 깊게 사귀는 것이 더 쉬운 일이다.

"돈이 많은 사람보다 친구가 많은 사람이 진짜 부자다"라는 말이 있다. 많은 친구와 자주 만나 술 한 잔으로 정을 나눌 수 있다면 돈이 많은 것보다 즐겁게 사는 인생이라 할 수 있다. 은퇴를 하고 나서 시간적 여유가 생김에 따라 친구가 더욱 그리워지고 만나고 싶어진다.

직장에 다니는 동안에는 바쁘게 지내다 보니 친구들과 연락도 뜸하고 자주 만나지도 못하고 살았다. 어쩌다 만나게 되는 기회라곤 자녀의 결혼이나 부모님이 돌아가셨을 때가 고작이었다. 이제 친구에게 카톡으로 안부를 묻기도 하고, 동창 모임에 참석하기도 하며 새롭게 우정을 다져보려고 한다.

오랜만에 만난 친구에게 "반갑다. 친구야!"라며 건넨 인사말에는 단순한 반가움의 표현 이상의 의미가 담겨있다. 이 속에는 건강하여 모임 장소에 나올 수 있어서 다행이고, 만나는 것을 기피하지 않고 이 자리에 참석해 주어서 고맙다는 마음이 포함되어 있다.

'100세 시대'라는 말이 유행하고, 우리나라의 평균수명이 80세를 넘는다고 하지만 이는 통계의 마법일 뿐이다. 평균수명이란 전체 인구의 수명을 평균 낸 것에 불과하다. 예를 들어 3명이 각각 79세, 80세, 81세를 살아도 평균수명은 80세가 되고, 각각 60세, 70세, 110세를 살아도 평균수명은 80세가 된다.

평균수명 80세란 절반은 80세 이전에 사망하고, 절반은 80세 이상까지 생존할 수 있다는 의미가 될 수도 있다. 우리나라의 평균수명이 길어진 것은 의학의 발달과 건강보험으로 인하여 사고나 질병으로 사망하는 경우가 줄어들고, 특히 1세 이전에 죽는 영아 사망이 줄었기 때문이다.

평균수명이 80세가 넘는다고 하여 내가 80세 이상 살 수 있다는 보장이 되는 것은 아니다. 더구나 단순히 생명을 유지하고 있는 것이 아니라 거동에 불편함이 없을 정도로 건강을 유지하며 산다는 것은 쉬운 일이 아니다. 그런데 건강한 모습으로 볼 수 있어서 다행스럽고 반가운 것이다.

70세 언저리에 있는 친구들 대부분은 나처럼 은퇴하였으며, 현역에 있는 경우가 드물다. 은퇴 후의 삶은 각자 다르며, 때로는 은퇴 후에 연락이 끊기는 친구도 있다. 경제적인 사유로 사람과의 만남을 피하는 경우도 있고, 귀농하여 초야에 묻혀 살거나 여행 등으로 혼자만의 삶을 즐기는 경우도 있을 것이다.

은퇴(隱退)라는 한자 그대로의 뜻은 '물러나 숨는다'라는 것이니 은둔생활을 하는 것이 진정한 의미의 은퇴일지도 모른다. 그러나 일반적으로 말하는 은퇴란 자신의 주된 일터에서 물러나거나 사회활동에서 손을 떼고 한가히 지내는 것을 말한다. 운동선수처럼 젊은 나이에 활동을 접는 경우도 은퇴라고 부르기는 하나 일반적으로 이야기하는 은퇴와는 거리가 있다.

흔히 은퇴 이후의 삶을 '인생 제2막'이라고 하나, 나는 차라리 '인생 제3막'이라고 부르고 싶다. '인생 제1막'은 태어나서부터 학창 시절까지의 사회에 진출하기 위한 준비를 하는 기간을 말하고, 제2막은 직업을 가지고 경제활동이나 사회활동 등을 활발히 하는 시기이며, 이런 활동들에서 벗어나 일생을 마무리하는 은퇴 이후의 시기를 제3막이라 하겠다.

은퇴 이후를 제2막이라고 부르는 것은 제1막을 무시하는 발언이다. 그러나 제1막에 해당하는 학창 시절은 무시해도 좋을 만큼 가벼운 시기가 아니다. 인생에서 가장 꿈이 많고 열정적으로 지낸 청춘기가 제1막이었으며, 인생의 진로가 결정되는 것도 바로 이 시기다.

인생의 각 막을 나이에 따라 일률적으로 구분하는 것은 의미가 없으며, 각자의 일상생활에서 중심이 되는 것이 무엇인가에 따라 결정된다. 80세가 넘은 나이라도 일정한 직업을 가지고 활동하고 있거나, 생계를 위하여 돈을 벌어야만 한다면 아직 은퇴한 것이 아니고 제2막에 머물고 있는 것이라 하겠다.

넉넉하지는 않으나 약간의 경제적인 여력이 있어 가끔 여행을 가기도 하고, 친구들을 만나 식사를 하거나 술을 마셔도 부담이 되지 않는다면 제3막도 그다지 나쁘지는 않을 것이다. 물론 이 모든 것을 뒷받침할 수 있는 건강을 유지하여야 한다는 전제가 필수이다.

우리나라에서는 '인간(人間)'이란 단어를 '사람'과 같은 의미로 사용하고 있으나, 본래 인간이란 사람과 사람의 사이, 즉 사람의 사회(社會)를 일컫는 단어였다. 이처럼 사람은 다른 사람과 관계를 유지하며 살아가는 존재이다. 제3막은 각자의 방식으로 살아갈 수 있으나, 나는 사람들과 어울리며 살아가고 싶다. 그래서 연락하면 만나서 술 한 잔 함께 할 수 있어서 반가운 것이다.

3.
옷깃만 스쳐도 인연

인연(因緣)은 주로 사람 간의 만남이나 관계를 의미하며, 때로는 운명과 비슷한 의미로 사용되기도 한다. 인연은 원래 불교에서 나온 말로 '어떤 결과가 나오게 된 직·간접적인 원인'을 의미한다. 그리고 불교에서 말하는 인연은 운명이나 숙명과는 달리 반드시 어떤 결과를 맺게 되는 것은 아니다.

인연은 어떻게 키워 가느냐에 따라서 필연이나 숙명이 될 수도 있고 그냥 사라질 수도 있는 것이다. "옷깃만 스쳐도 인연"이라는 말처럼 우리는 살아가면서 수많은 인연을 만난다. 그 인연은 사람 간의 만남뿐만 아니라 보고 들은 것을 포함한 모든 것이며, 때로는 책이나 영화 등을 통하여 인연을 맺기도 한다.

인연은 사람 사이의 관계나 연줄의 의미로 사용되기도 한다. 사회생활을 하면서 혈연, 지연, 학연 등 여러 인맥의 도움을 받기도 하였으며, 인맥을 관리하기 위하여 노력도 하였다. 이런 인맥들은 한창 사회생활을 할 때는 꼭 필요하였으나, 은퇴한 이후에는 소홀하게 된다.

어린 시절의 동네 친구들, 학교에 다니면서 가깝게 지냈던 동창들, 회사 생활을 하면서 알게 된 모든 사람이 다 인연 같았는데 은퇴하고 보니 자주 연락하는 몇몇만 인연으로 남았다. 이제는 새로운 인연을 만드는 것이 부담스럽고 귀찮기까지 하다.

사람은 누구나 평소에 크고 작은 인연을 맺으며 살아가며, 그중에는 그 사람의 일생 전체에 큰 영향을 끼치는 인연을 만나기도 한다. 나에게는 고등학교 시절에 선배의 권유로 우연히 알게 된 흥사단(興士團) 아카데미(Academy)가 일생을 통하여 가장 큰 인연이었다.

고등학생이란 의욕은 충만하지만 한참 방황을 겪는 나이이며, "삶은 무엇인가?"와 같은 철학적인 질문에 관심을 갖는 시기이다. 아카데미 활동을 하면서 도산(島山) 안창호(安昌浩)를 알게 되었고, 그의 사상과 말씀은 나의 인생관을 세우는 데 결정적인 영향을 주었다.

아카데미에서 만난 친구들은 서로를 이야기할 때 "도산교(島山敎)에 빠진 신자(信者)"라고 농담을 하기도 하였다. 그만큼 고등학생 시절에는 아카데미에 미쳐 열심히 활동하였고, 도산의 말씀과 행동을 본받으려고 노력하였다. 지금도 그때 만난 친구들은 나의 가장 소중한 인연이 되어 있다.

내가 태어나기 전에 작고하신 분이므로 도산의 말씀을 직접 들을 기회는 없었지만 책을 통하여, 그리고 도산의 유지(遺志)를 이은 선배들을 통하여 간접적으로 전해 들을 수 있었다. 그 중에서도 아카데미 설립에 결정적인 공헌을 한 안병욱(安秉煜) 교수와의 인연이 컸으며, 이런 인연으로 나의 결혼식 사회를 맡아주시기도 하였다.

정신적으로 가장 큰 인연이 도산과의 만남이라면 현실적인 삶에서의 가장 큰 인연은 배우자와의 만남이라 하겠다. 20대 후반 친구의 소개로 만나게 된 아내는 2~3년 교제하다 결혼하여 40년 가까이 함께 살고 있다. 은퇴한 지금은 가장 친한 말벗이 되었으며, 부담 없이 의지할 수 있는 동반자가 되었다.

그리고 노년을 함께 하면서 추억을 공유하고 있는 오랜 친구와의 인연은 은퇴 후의 삶을 풍요롭게 하는 원동력이다. 어린 시절부터의 친구는 나의 과거를 기억하고 있기에 사회에 진출하여 사귀게 된 친구보다 평안함을 주고, 부부 사이에도 말하기 어려운 고민을 상담할 수 있게 한다.

4.
술맛의 순서

술을 마시다 보면 다양한 이야기가 나오게 되며, 그중에는 농담 속에 교훈적인 내용이 섞여있는 경우도 있다. 오래전부터 전해져 온 술자리 우스갯소리 중에 술맛의 순서는 영국 귀족의 서열과 같다는 말이 있다. 잘 알려진 바와 같이 영국 귀족의 서열은 공작(公爵), 후작(侯爵), 백작(伯爵), 자작(子爵), 남작(男爵)의 순이다.

서열 첫 번째인 제일 맛있는 술은 '공짜 술'을 의미하는 공작(空酌)이다. "공짜라면 양잿물도 마신다"라는 속담처럼 술을 마시면서 술값 걱정을 하지 않을 때 술맛이 가장 좋다고 한다. 그러나 양잿물의 본질이 맹독성인 수산화나트륨($NaOH$)인 것처럼 공짜 술이라고 모두 맛있는 것은 아니다.

회사에서 상사와 함께하는 회식이라면 대개 상사가 술값을 계산하므로 술값 부담은 없다. 그러나 상사의 기분을 맞추기 위해 억지로 마시는 술이라면 맛있기는커녕 고역일 것이다. 꼰대 소리를 듣지 않으려면 자신이 윗사람의 위치에 있을 때 아랫사람의 기분을 헤아려야 할 것이다.

나는 오뚜기에서 자재부장을 몇 년간 하였으며, 그 당시의 사회적 통념대로 거래처로부터 접대 회식도 여러 번 받아 보았다. 그때에도 내가 술값을 걱정할 일은 없었으나 맛있는 술을 마시지는 못하였다. 물론 술 자체는 비싸고 좋은 것이었으나 서로가 상대방의 의중을 파악하기 위한 눈치싸움을 하였기 때문에 술맛을 제대로 느낄 수는 없었다.

공짜 술이란 누가 술값을 내느냐의 문제가 아니라 얼마나 마음을 내려놓고 편하게 마시는 술이냐가 중요하다. 비록 내가 술값을 계산하여도 내게 그만한 경제적 능력이 있고, 부담을 느끼지 않아서 술값을 걱정하지 않는다면 그것이 바로 공짜 술인 것이다.

두 번째로 맛있는 술은 1차에서 흥이 올라 2차, 3차로 이어지는 후작(後酌)이라고 한다. 우리 민족은 술을 좋아하는 만큼 춤과 노래를 좋아하며, 식사를 겸한 술자리에서 흥이 나면 2차로 자리를 옮겨 술을 더 마시거나 노래방을 찾는 일이 흔하다. 흥겨운 기분에 마시는 술은 어떤 술을 마시더라도 맛있을 수밖에 없다. 이런 이유로 후작을 술맛 서열에서 두 번째 자리에 두는 것이다.

세 번째는 백주대낮에 마시는 백작(白酌)이라고 한다. 술을 마시면 얼굴이 붉어지는 사람도 있고, 술 냄새 때문에 낮에 마시는 술을 꺼리는 것이 보통이다. 그러나 취하지 않을 정도로 반주(飯酒) 삼아서 적당히 마시는 술이라면 낮이라고 술을 마시지 못할 이유가 없다.

나는 회사에 다닐 때 업무상 일본으로 출장 가는 경우가 많았다. 일본의 직장인들과 함께 점심을 하게 되면, 그들은 식사 전에 맥주 한 잔 정도 마시는 일은 당연한 일처럼 여겼다. 따라서 일본에서는 출장 동료인 한국인끼리 식사할 때도 자주 낮술을 마시곤 했다.

술에는 양면성이 있어서 적당히 마시면 좋은 점도 많이 있으나, 과하게 마시면 여러 해악을 불러오기도 한다. 알코올중독자가 아니라면 낮에는 취하도록 술을 마시는 사람이 드물며 절제하게 되는 것이 보통이다. 백작은 술을 마시고 싶을 때 참지 않고 마시는 술이며, 술맛을 음미하며 취하지 않게 마시는 술을 의미한다.

네 번째는 스스로 따라 마시는 자작(自酌)이다. 요즘 유행하는 '혼술'이 여기에 해당한다고 하겠다. 혼술을 하는 사람이라면 술에 대한 애정이 있고, 술을 즐기는 사람일 것이다. 술을 즐긴다면 술맛을 아는 것인데 네 번째 서열밖에 안 되는 것은 자작에는 고독과 쓸쓸함이란 단어가 연관되기 때문이다. 술맛은 분위기에 따라 차이가 있는데 함께 할 술친구가 없다면 술맛이 떨어질 수밖에 없다.

나에게는 10여 년 전에 암으로 세상을 떠난 친동생이 있다. 젊은 나이에 사망하였기 때문에 영정사진이 준비되지 못하였고, 그의 휴대전화에 저장되어 있던 사진 중에 하나를 확대하여 영정사진을 삼았다. 그 사진은 생전에 친구와 함께 술을 마시다 찍은 것으로 보이며, 배경이 된 술집 벽에는 다양한 낙서가 있었다.

그중에 있던 "슬플 땐 술 퍼. 술 풀 땐 슬퍼"라는 글이 잊히지 않는다. 생전에 형으로서 살갑게 대해주지 못한 것이 아쉬워 동생의 기일(忌日)이 되면 혼자서 동생이 좋아하던 맥주를 마시며 슬픔을 달래게 된다. 이때는 맥주의 참맛을 느끼기보다는 쓸쓸함과 그리움이 앞서게 된다.

혼자서 술을 마시는 이유는 여러 가지가 있을 수 있으나, 많은 경우 괴롭거나 슬픈 일이 있을 때 그를 잊기 위하여 술을 마시게 된다. 그러나 이렇게 혼자 마시는 술은 감정을 해소하지 못하며, 우울증이나 알코올중독으로 이끌 가능성만 높여줄 뿐이다.

마지막 다섯 번째는 남작이다. 남작은 여러 가지 의미가 있다. 술이 과하여 술맛도 모르고 마구 마시는 남작(濫酌)이 될 수도 있고, 잘 알지도 못하는 남 같은 사람과 합석하여 어색하게 마시는 술(남酌)이 될 수도 있으며, 여자가 아닌 남자가 따라주는 술(男酌)이 될 수도 있다.

술은 선비의 피, 광대의 피, 그리고 미친 사람의 피를 섞어서 만들었다는 이야기가 있다. 술을 마시기 시작할 때는 모두 선비와 같이 언행이 점잖으며, 술이 들어가서 흥이 나면 모두 광대와 같이 춤과 노래를 뽐내고, 마지막에는 미친 사람처럼 행동하는 것은 이 때문이라고 한다. 술에 취하여 절제하지 못하고 마시는 남작(濫酌)은 술맛을 논할 가치도 없다고 하겠다.

장례식장에 가면 원하지 않게 잘 모르는 사람과 같은 테이블에서 식사하고 술을 마시게 되는 일이 있다. 차라리 완전히 남이라면 무시하고 혼자 마실 수도 있으나, 학교 동창이라는 이유로 수십 년 동안 소식도 모르고 지내던 사람과 합석하게 되면 자리를 피할 수도 없고 어색하게 술을 마실 수밖에 없다.

그 자리에 둘만 있다면 그래도 나으나 여러 명이 함께 있는데 다른 동창들은 그동안 서로 관계를 이어오던 사이고 나만 갑자기 만난 경우라면 그 자리가 편할 수가 없다. 꿔다놓은 보릿자루처럼 어색한 상태에서 적당히 맞장구만 쳐주는 상황이라면 술맛을 느낄 겨를이 없고, 빨리 자리를 뜨고 싶은 마음뿐일 것이다.

흔히 술은 "할머니라도 치마 두른 여자가 따라주어야 제맛"이라는 말이 있다. 이것이 술집에 여자 종업원이 있는 이유이기도 하다. 그런데 술자리에 여자가 없으면 어쩔 수 없이 남자가 따라주게 되며, 이런 이유로 남작(男酌)이 술맛 서열의 최하위에 위치하게 된 것이다.

그러나 이것은 젊고 혈기 있을 때의 일이며, 이성에 대한 관심이 많을 나이에나 해당하는 것이라 하겠다. 황혼을 바라보는 은퇴 후의 삶이라면 마음이 맞는 남자 친구가 따라주는 술이 제맛이 아닐까 한다. 그런 의미에서 "친구여, 술이나 한 잔 따라주게나"라고 말하고 싶다.

5.
귀를 위하여 건배

    동창회 등의 모임에서 금기시되는 주제로 종교와 정치가 있다. 같은 신앙을 가진 사람들의 모임이거나 정치적 성향이 같은 사람들만의 모임이라면 이런 주제는 오히려 활력을 주지만, 모든 동창이 똑같은 종교의 신자이거나 정치적 신념이 같을 수는 없으므로 반론이 나오고 결국에는 분위기를 망치게 된다.

    이런 주제 외에도 모임에서 분위기를 나쁘게 하는 유형은 여럿 있으며, 그중에서 잘난 체하는 사람은 환영받기 어렵다. 잘난 체하는 종류도 여러 가지여서 본인이 은퇴하기 전에 얼마나 대단한 사람이었는가를 자랑하기도 하고, 자신이 아는 것이나 재산이 많음을 내세우기도 하고, 자신의 지인(知人)을 자랑하기도 한다.

    그러나 은퇴를 한 이후에는 현역 시절의 화려함은 추억일 뿐이고, 과거 그의 직위나 명성이 어떠하였든 다 같이 늙어가는 노인일 뿐이다. 재산이 많다 한들 무덤까지 가지고 갈 것도 아니다. 여자들이 제일 싫어하는 주제가 남자들의 군대 시절 이야기라는 말이 있다. 과거를 들먹이는 것은 늙는 사람의 입장에서는 군대 시절의 무용담 정도로 취급될 뿐이며, 대단한 관심 사항도 아니다.

자신의 이야기도 아니고 내가 아는 누구누구는 이렇게 훌륭한 사람이라고 소개하는 것은 자기 자랑을 하는 것만도 못하다. 내가 이렇게 유명한 사람을 많이 알고 있다고 내세우는 것은 호랑이의 위세를 빌려 호기를 부리는 여우의 호가호위(狐假虎威)에 불과하다. 그러나 사람들은 호랑이의 무서움과 여우의 허세를 구분할 줄 아는 지혜를 가지고 있으며, 여우를 대단하다고 여기지 않는다.

단순한 지인이 아니고 자신의 부인이나 자식 또는 손주를 자랑하는 것도 팔불출(八不出)이라 하여 어리석거나 덜떨어진 사람 취급을 받게 된다. 그리고 즐겁고 재미있게 대화를 나누고 싶다면 대화의 주제뿐만 아니라 상대방의 입장에서도 생각해야 한다.

요즘은 졸혼(卒婚)이라는 말이 생겨날 정도로 부부관계가 원만하지 못한 경우도 많이 있으며, 나이가 들어서도 결혼하지 않은 자녀가 있는 가정도 많이 있다. 옆에 있는 친구의 사정은 고려하지 않고 부부의 동반 여행을 화제에 올리거나 손주가 없는 친구 앞에서 손주 재롱을 들먹이는 것은 좋게 보이지 않는다.

여럿이 모이다 보면 그중에 한두 명은 이야기를 주도하는 사람이 나오기 마련이다. 이런 사람의 특징은 다른 사람에게 이야기할 기회를 주지 않고 일방적으로 자신의 이야기만 한다는 것이다. 듣기 좋은 노래도 한두 번이라고 아무리 옳고 지식이 넘치는 말이라도 계속 듣다 보면 지치게 된다.

더군다나 그 말이 남을 흉보는 것이라면 불쾌감은 배가 된다. 누군가의 뒷담화를 들으면 그 자리에서는 맞장구치고 비밀로 하자고 하더라도 반드시 당사자에게 전해지기 마련이다. 이는 인간관계에서 커다란 마이너스로 작용한다. 뒷담화를 즐겨하는 친구에게 들려주고 싶은 다음과 같은 옛시조가 있다.

말하기 좋다 하고 남의 말 마를 것이
남의 말 내하면 남도 내 말 하는 것이
말로서 말이 많으니 말 마를까 하노라

사람은 누구나 자기 이야기를 하고 싶어 한다. 그러나 서로의 말을 주고받는 것이 대화이며, 상대방에게 귀를 기울이지 않으면 흥미로운 대화를 할 수 없을 뿐만 아니라 결국 나의 이야기만 늘어놓게 된다. 그래서 대화를 가장 잘하는 사람은 자기 말을 줄이고, 상대방의 말을 많이 들어주는 사람이라고 한다.

나이가 들다 보면 대부분 말이 많아지게 되며, 자신의 조그마한 지식이라도 들려주고 싶어 한다. 그래서 젊은이들에게 꼰대 소리를 듣게 되는 것이다. 나도 할 말이 많지만 듣고 있는 상대방도 할 말이 많아 자기 차례를 기다리고 있음을 잊지 말아야 한다.

술을 마실 때 잔을 부딪치는 이유는 귀를 즐겁게 하기 위함이라는 농담이 있다. 우리 몸에는 시각, 미각, 후각, 촉각, 청각 등 다섯 가지 감각이 있다. 술을 보면 눈이 즐겁고, 맛을 보면 입이 즐겁고, 냄새를 맡으면 코가 즐겁고, 술잔을 잡으면 손이 즐겁다. 그런데 귀만 즐거움을 못 느끼니 귀도 즐거워지라고 잔을 부딪쳐 소리를 내는 것이라는 말이다.

단순히 술잔을 부딪쳐서 귀를 즐겁게 하는 이외에 원만한 대화와 모임 자리의 즐거움을 위해서도 첫 잔을 들었다면 "귀를 위하여!"라고 건배를 제안하고 싶다. 입은 음식을 먹거나

술을 마시는 데 집중하고, 상대방의 이야기를 경청하고 맞장
구쳐주기 위하여 귀를 활짝 열어두어야 한다.

6.
술의 의미

술은 인류의 역사와 함께 시작되었다고 할 만큼 오래된 기호 음료이며, 술을 대하는 사람의 인식과 습관은 국가나 민족, 종교 등에 의해 다양하게 나타난다. 술 문화는 그 나라의 역사나 삶의 방식에 영향을 받아 형성된 것이다. 술은 기호 음료이기 때문에 각자 좋아하는 술이 있는 것이 보통이다. 그러나 술은 문화이기도 해서, 개인적인 취향과는 별도로 각각의 술이 갖는 이미지가 존재한다.

소주는 한국인이 가장 선호하는 술이며, 한국의 대표 주류이자 고단한 삶을 달래주는 친구 같은 존재이다. 그런데 소주는 주로 무거운 주제의 이야기를 할 때 마시게 되며, 연상되는 단어는 '쓸쓸함', '괴로움', '슬픔', '힘듦' 등이다. 따라서 누군가 "소주 한잔할래?"라고 하였다면 진짜로 술이 마시고 싶은 경우도 있으나, 힘들고 외로워서 위로받고 싶은 것일 수도 있다. 소주의 소비량이 가장 많았던 것도 1998년 외환위기 때였다.

이에 비하여 맥주는 가벼운 기분에 마시게 되며, 연상되는 단어는 '흥겨움', '기쁨', '평온함' 등이다. 맥주가 소주를 젖히고 소비량 1위가 된 것이 1988년 서울올림픽 때였고, 가장 많이 마셨던 것은 2002년 한일월드컵 때였다는 기록이 말해주듯이 맥주는 스포츠 대회의 환희와 함께하는 술이다.

이제는 소주, 맥주에 밀려서 한국인 술 소비량에서 3위가 되었으나, 막걸리는 오랫동안 서민들과 애환을 같이 한 술로서 소박함과 대중적인 이미지가 있다. 나이 든 사람들에게는 오랜 친구와 같이 정이 가는 술이기도 하다. 한때 막걸리는 '저급한 싸구려 술'이라는 이미지를 갖고 있었으나, 요즘은 품질도 향상되었고 건강에 좋다고 하여 새롭게 평가받고 있는 술이다.

포도주의 경우 과거에는 파티나 특별한 날에만 마시는 고급스럽고 비싼 술로 여겨졌으나, 2004년 칠레와의 자유무역협정(FTA)이 발효된 이후 값싼 포도주가 대량 수입되면서 소비가 일상화되었다. 그러나 여전히 무언가 축하할 일이 있을 때나 기념일 등에 마시는 술로서의 이미지가 남아있다. 특히 설레고 기쁜 자리에서는 샴페인을 터트리는 것이 상식처럼 여겨지고 있다.

양주는 비싼 가격으로 인해 일반인이 쉽게 마시기에는 부담이 가는 술이며, 어쩌다 선물로 받더라도 마시지 못하고 진열장에 모셔두는 경우가 많다. 우리나라에서는 과거 접대 문화와 함께 주로 룸살롱 등의 유흥업소에서 소비되었기 때문에 부정적인 이미지도 있었다. 그러나 2016년의 '김영란법' 이후 이런 이미지는 개선되었다.

유교를 기본 이념으로 하는 조선이 건국되어 약 500년의 존속기간 동안 유교가 우리의 사회·문화 전반에 끼친 영향은 매우 심대하여 한국인은 아무도 유교적인 사고방식에서 자유롭지 못하다. 이는 불교 신자나 기독교 신자라도 피해 가지 못하는 족쇄와도 같은 것이다.

대표적으로 장유유서(長幼有序)에 바탕을 둔 사회 질서가 있다. 이에 따라 자신보다 나이가 많거나 사회적 지위가 높은 사람을 공경하고 그의 말을 따르는 것을 미덕으로 여기는 문화가 생겨났다. 심지어 '재하자유구무언(在下者有口無言)'이라 하여 아랫사람은 할 말이 있어도 제대로 말을 못 하고 지내기도 하였다.

또, 남자는 눈물을 쉽게 보여서는 안 되며, 입이 무거워야 한다고 교육받으며 자랐기 때문에 마음속에 있는 말을 다 하지 못하고 지내는 일이 습관이 되었다. 이는 신체적 증상으로 나타나기도 하며, 이것을 화병(火病) 또는 울화병(鬱火病)이라고 한다. 화병은 주로 여성에게서 많이 나타나지만 많은 남성도 잠재적 화병 환자다.

유행가는 시대의 상황을 반영한다고 한다. 가수 조항조의 '남자라는 이유로'라는 노래가 널리 사랑받고 있는 것은 '남자라는 이유로 묻어두고 지낸 세월이 너무 길고, 언제 한번 가슴을 열고 소리 내어 울어볼 날이 올까요?'라는 내용의 가사에 공감하는 남자들이 많기 때문이다.

이런 답답한 심정을 풀어주는 해방구 같은 역할을 하는 것이 바로 술이다. 술은 심리적으로 긴장을 해소하고, 이성적인 억제를 완화해 일시적인 자신감과 가벼운 흥분을 일으킨다. 이런 상태에서는 평소 잘 드러내지 않던 속내가 튀어나오기도 한다. 술에 취하면 마음속에 담아두고 있던 진심을 내비치기도 하므로 취중진담(醉中眞談)이란 말이 생겨났다.

우리나라의 경우 술은 인간관계를 형성하기 위한 도구로 쓰이며, 직장인의 경우 술을 마시는 행위는 사회생활의 일부가 되었다. 우리나라 특유의 회식이나 접대 문화는 다른 나라에서는 찾아보기 힘든 사례다. 이런 술 문화 때문에 술을 마실 줄 모르면 사회생활을 원만하게 하기 어려운 경우도 있다.

술은 한국인의 삶에 깊이 뿌리를 내리고 있으며, 우리나라는 술 마신 상태에서 행한 행동이나 말에 대해서는 관대하게 취급하는 정서가 있다. 심지어 술김에 했다고 하면 범죄의 형량까지도 참작된다. 이런 정서 때문에 우리나라는 전 세계에서 1인당 술 소비량이 많은 나라 중의 하나로 꼽힌다.

2차, 3차로 이어지는 술을 마시다 보면 과음하여 평소에는 생각도 못 했던 짓을 저지르거나 행실이 달라지기도 한다. 만취되어 자제력을 잃고 고성방가, 폭력, 폭언 등의 주사(酒邪)를 부리기도 하고, 똑같은 말을 반복하거나 옆 사람에게 시비를 거는 술버릇이 나오기도 하며, 토하거나 몸을 가누지 못하는 등 주변에 피해를 끼치기도 한다.

또한 술을 과하게 마시면 딱히 남에게 피해를 주지는 않지만 자신이 했던 말을 다음날 기억하지 못하는 일도 있다. 이런 상태에서 한 말이야말로 취중진담이 될 수 있으나 별로 바람직한 일은 아닌 것 같다. 소위 "필름이 끊겼다"라고 표현되는 블랙아웃(blackout)은 알코올성 치매로 발전할 수 있다고도 한다.

술의 이러한 해악에도 불구하고 술을 끊을 수 없고, 친구를 만나면 술부터 찾게 되는 것은 술의 장점 때문이다. 여자들은 술이 없어도 몇 시간을 이야기할 수 있지만, 대부분의 남자는 술을 마시지 않으면 대화하는 시간보다 침묵하는 시간이 길어진다.

평소에 과묵하던 사람도 술을 마시면 말을 많이 하게 된다. 남자의 세계에서 술은 대화의 물꼬를 트게 하고 대화를 이어가게 하는 윤활유와 같은 역할을 한다. 이는 인간관계를 부드럽게 하는 효과가 있다. 또한 술을 마시면 기분이 좋아지고, 사회생활에서 쌓인 스트레스를 풀어주기도 한다.

술에는 이와 같이 긍정적인 면이 있지만, 도가 지나쳐서 이성적 통제의 범위를 넘어가면 남에게 불쾌감을 주거나 피해를 주는 경우도 있다는 사실을 명심하고 경계하여야 한다. 나이가 들면 자신의 주량은 스스로 알고 있으므로 절제하는 노력이 필요하다.

7.
산토끼의 반대말

회사에 다닐 때도 종종 만나던 친구들은 변한 모습을 잘 느낄 수 없으나, 은퇴 후에 오랜만에 만나게 된 친구는 잠시 누구인지 알아보지 못하는 경우도 있다. 특히 요즘에는 코로나로 인하여 마스크를 쓰고 있는 경우가 많아 더욱 그렇다. 만나서 이야기를 하다 보면 옛 얼굴이 떠오르고 목소리도 기억나게 된다.

은퇴할 나이가 되면 얼굴 모습이 변하는 것은 당연하다. 세월의 흔적으로 머리카락이 희어지고, 숱도 적어진 변화 외에도 얼굴의 전체적인 이미지에서도 변화가 느껴진다. 미국의 링컨 대통령은 "나이가 40이 되면 자신의 얼굴에 책임이 있다"라는 명언을 남겼다.

사람은 모두 태어나면서 부모님으로부터 물려받은 얼굴 모습이 있지만, 성장하고 살아가면서 변하게 된다. 자신이 평소에 습관적으로 짓던 표정이 굳어서 얼굴에 새겨지게 된다. 표정이란 그 사람의 '슬픔', '즐거움', '노여움', '걱정' 등의 감정이 표출된 것이며, 삶에 대한 태도가 반영된 것이다.

결국 지금의 얼굴 모습은 그 사람의 인생을 대변하고 있는 것이다. 웃는 상의 얼굴이라면 인생을 즐겁게 살아온 사람이고, 무표정한 얼굴이라면 인생을 무미건조하게 살아온 사람이며, 화난 표정의 얼굴이라면 인생을 험난하게 살아온 사람이고, 우울한 표정이라면 인생을 힘겹게 살아온 사람이다.

얼굴뿐만 아니라 말이나 행동에서도 그가 살아온 삶이 엿보인다. 한 가지 직업에 오래 종사하다 보면 자신도 모르는 사이에 몸에 밴 습관이 일상생활 중에 나타나게 되며, 이를 직업병이라고 자조하거나 놀리기도 한다. 직업에 따라 관심 분야나 생각이 다르며, 이것이 말로 드러나기도 한다.

대학생들에게 "산토끼의 반대말이 무엇이냐?"라는 질문을 던졌을 때 전공에 따라 다음과 같이 다양한 대답이 나왔다는 이야기가 있다.

> 남과 같은 것을 거부하고 언어유희에 강한 문예창작과 학생은 '끼토산'이라고 대답하였다.
> 유아교육과 학생은 유치원생의 눈높이에 맞게 '집토끼'라고

하였다.

정치외교과 학생도 '집토끼'라고 하였으나, 이것은 유권자를 빗대는 정치권 용어인 '우호적인 집단'을 의미하며, 산토끼를 고정표가 아닌 부동층이란 의미로 받아들인 것이다.

한문학과 학생 역시 '집토끼'라고 하였으며, 이는 산토끼를 '흩어져있는(散) 토끼'로 해석하여 그 반대를 '모여있는(集) 토끼'라고 대답한 것이다.

철학과 학생은 삶과 죽음에 대한 관심이 많아 '죽은(死) 토끼'라고 하였으며, 이는 산토끼를 '산(生) 토끼'로 받아들인 것이다.

경영학과 학생은 사고파는 것에 관심이 많아 '판(賣) 토끼'라고 하였으며, 이는 산토끼를 '산(買) 토끼'로 받아들인 것이다.

화학공학과 학생은 산토끼의 '산'을 '산(酸, acid)'으로 해석하여 그 반대를 '알칼리(alkali) 토끼'라고 하였다.

이처럼 어떤 사람이 사용하는 말에는 그 사람의 지식과 경험이 포함되어 있으며, 그 사람의 인격까지 드러나게 된다. 건설 현장과 같이 거친 환경에서 살아온 사람은 선택하는 단어나 표현이 거칠 수밖에 없으며, 연구소에서 평생을 보낸 사람은 전공용어가 몸에 배어 일상생활에서도 사용하게 된다.

직업에는 귀천이 없으며, 우리는 모두 각자의 길에 따라 이 나이까지 살아온 것이다. 무의식중에 튀어나오는 말들은 그의 인생을 반영한 것이며, 좋고 나쁨을 따질 생각은 없다. 그러나 "야, 인마"라든지 "이 자식아" 등의 표현은 그것이 욕이 아니고 친근감의 표시라는 것을 알면서도 적응하기 힘들다.

8.
남의 떡이 커 보인다

우리의 속담에 "남의 떡이 커 보인다"라는 것이 있고, 영어에도 이와 유사한 의미로 "The grass is always greener on the other side."라는 속담이 있으며, 이외에도 세계 여러 나라에 이와 비슷한 속담이 있다고 한다. 이처럼 동서양을 막론하고 자기의 것보다 남의 것이 더 좋아 보이는 심리는 공통적인 모양이다.

우리는 미국이나 유럽의 선진국을 부러워하지만 요즈음 인터넷에서 널리 전파되고 있는 '어느 재미교포가 쓴 글'이라는 상당히 긴 문장을 보면 우리 국민만 느끼지 못하고 있을 뿐이고, 오히려 우리가 부러워할 만한 나라에서 살고 있다는 것을 알 수 있다. 그 글의 내용을 일부 소개하면 다음과 같다.

주차티켓을 뽑는 그런 촌스런 행동은 하지 않고 우아하게 자동인식으로 주차장에 들어간다. 모든 대중교통은 카드 하나로 해결되었다. 방문하는 집마다 거실에 목받이 소파가 있고, 집안의 전등은 LED이며 전등, 가스, 심지어 콘센트도 리모컨으로 켜고 끈다. 미국에서 나름대로 부자동네에서 살아온 나도 집마다 구석구석에 박혀있는 사치스럽고 고급스런 제품들에 놀라고 부러워하며 신기함을 느낀다.

지하철, 고속철도, 음식점, 상점가, 심지어는 버스 정류장에도 초고속 와이파이가 잡힌다. 역마다 정류장마다 몇 분 후에 내가 기다리는 차가 온다는 정보도 뜨니 옛날처럼 도로를 쳐다보며 버스를 놓칠까 염려하는 모습은 사라진 지 오래다. 의료보험은 열 배나 싸고, 치료비도 열 배 싸게 느껴지는 이곳에서 삶이 지옥이라고 생각하는 것이 참 신기하다. 그런데 아이러니한 것은 만나는 사람마다 한국에 사는 것이 얼마나 힘든 지를 말한다. 좋은 집, 좋은 교통, 좋은 의료제도 안에서 살면서도 불만족하여 이민을 가려고 한다.

연봉이 나보다 반이나 적은 사람이 나보다 더 좋은 차를 몰고, 더 비싼 걸 먹고, 더 편리하고 더 고급스러운 제품이 가득한 삶을 살면서 만족 못하는 진짜 이유는 무엇일까?

동창 모임 등에 참석하면 돈 자랑, 명예 자랑, 지식 자랑,

자녀 자랑 등 자신을 자랑하는 이야기를 자주 듣게 된다. 그런 자랑을 듣고 있노라면 나 자신이 초라하게 느껴질 때도 있다. TV에서 성공한 사람들의 이야기를 들으면 나는 저 나이 때에 무슨 일을 했는지, 나는 왜 저 사람만큼 성공하지 못했는지 부러워지기도 한다.

그러나 위의 어느 재미교포의 글처럼 나는 다른 사람의 행복을 부러워하지만 나의 처지를 부러워하는 사람도 있을 수 있다. 우리는 저마다 다른 삶을 살아왔으며, 그렇기 때문에 남과 나를 비교한다는 것 자체가 의미 없는 일이다. 남과 비교하지 말고 내가 가진 장점을 찾아보는 것이 더 현명하다.

'남의 떡'의 현대판이라고 할 수 있는 것이 '엄친아'라는 유행어다. 어떤 만화에서 처음 사용하였다고 하는 이 용어는 "엄마 친구 아들은"으로 시작하는 만화 속 엄마의 잔소리에서 따온 것이다. 엄친아는 성격, 공부, 외모 등 모든 것이 완벽한 남자로 묘사된다.

엄마들은 자녀의 상대적인 단점을 친구 자녀의 상대적 장점과 비교하여 이야기하는데 그 말을 들은 아들은 행복했을까? 그리고 엄친아의 엄마는 또 다른 친구의 자녀와 비교하여 자기 아들을 평가하지는 않았을까? 비교에 관한 속담이 생긴 것은 역으로 남과 비교하지 말라는 선조들의 교훈이 담긴 것일 수도 있다.

바둑의 속담 중에 "남의 집이 커 보이년 진나"라는 것이 있다. 남의 집이 커 보이면 마음이 흔들리게 되고, 그것을 깨뜨려야겠다는 생각이 앞서 무리한 수단을 쓰다 보면 패배하게 된다. "부러우면 지는 것이다"라는 말처럼 다른 사람과 비교하면 할수록 부러움과 열등감을 느끼게 되고, 행복한 삶에서 멀어지게 된다.

이솝 우화에 나오는 개처럼 커다란 고깃덩어리를 물고 있으면서도 다리를 건너다 개울물에 비친 자신이 물고 있는 고깃덩어리를 욕심내면 결국에는 자신의 것도 잃게 된다. 남과 비교하면서 열등감을 느끼기보다는 내가 가진 것에 만족하며, 내가 원하는 대로 사는 것이 행복한 삶이다.

9.
역지사지

식물 중에는 줄기가 위로 곧게 자랄 수 없어 주변에 기둥이 될 만한 것을 감고 올라가는 것이 있으며, 이런 식물을 '덩굴식물'이라고 한다. 덩굴식물의 일종인 칡과 등나무는 기둥을 감는 방향이 서로 반대여서 칡은 오른쪽으로 감고, 등나무는 왼쪽으로 감아올라간다.

두 식물이 가까이에 있어 같은 기둥을 함께 감고 올라가면 얼기설기 휘감겨 꼬인 실타래처럼 된다. 이 모습에서 나온 단어가 '갈등(葛藤)'이다. '갈(葛)'은 '칡'을 뜻하고 '등(藤)'은 '등나무'를 의미하는 한자로, 둘 사이의 의견이나 목표가 서로 충돌하여 풀리지 않는 관계를 나타낼 때 갈등이란 단어를 사용한다.

갈등과 유사한 개념의 단어로 '딜레마(dilemma)'라는 것이 있다. 딜레마의 어원은 그리스어로 '둘'을 나타내는 접두사 'di'와 '명제(命題)'를 의미하는 'lemma'의 합성어이며, 선택하기 어려운 두 가지 중 하나를 골라야 할 경우와 같이 곤란한 상황을 가리키는 단어로 진퇴양난(進退兩難)이나 난제(難題) 등으로 번역된다.

딜레마 상황을 잘 보여주는 유명한 일화로 프로타고라스(Protagoras)와 그의 제자인 에우아틀로스(Euathlus) 사이의 소송이 거론된다. 프로타고라스는 기원전 5세기에 활동한 고대 그리스의 유명한 철학자이며, 소피스트(sophist)들의 시조로 불리고, 논쟁에서 승리하는 변론술(辯論術)을 강조하였다.

에우아틀로스는 수강료를 지불할 경제적 사정이 못되어 그가 수임한 첫 번째 소송에서 승소하면 수강료를 지불하기로 하고 프로타고라스에게 변론술을 배웠다. 그런데 변론술을 다 배우고 한참이 지나도 수강료를 내지 않자 프로타고라스는 제자를 상대로 소송을 제기하게 되었다.

그 소송에서 에우아틀로스는 재판의 결과가 어떻게 나오든 자신은 수강료를 지불할 이유가 없다고 하면서 "만일 자신이 재판에서 이기면 판결에 따라 수강료를 내지 않아도 되고, 재판에서 지면 첫 번째 소송에서 패소한 것이 되므로 수강 계약에 따라 수강료를 지불하지 않아도 된다"라고 주장하였다.

이에 프로타고라스는 반대로 어떤 경우든지 수강료를 지불하여야 된다며 "내가 재판에서 이기면 판결에 따라 수강료를 지불하여야 되고, 내가 패소하게 되면 첫 번째 소송에서 제자가 승소한 것이 되므로 수강 계약에 따라 수강료를 지불하여야 된다"라고 주장하였다.

소피스트란 궤변가(詭辯家)로 번역되며, 기원전 5~4세기에 아테네를 중심으로 활동했던 지식인 집단을 가리키는 말이다. 그들은 절대적인 진리나 정의를 부정하고 모든 판단은 상대적이라 여겼으며, 언변으로 상대가 반박하지 못하도록 하여 그에 따른 실리를 추구하였다.

이런 소피스트들의 활동에 회의를 느끼고 이 세상에는 보편적인 진리가 있다고 주장하며, 대화를 통해 상대방이 스스로 모순에 빠지게 함으로써 무지를 자각하게 한 사람이 바로 예수, 석가모니, 공자와 함께 세계 4대 성인(聖人) 중의 한 사람으로 꼽히는 소크라테스(Socrates)였다.

소피스트들은 그리스 철학사에서 비주류로 여겨지지만 수천 년이 지난 현재에도 그들의 후예들을 어렵지 않게 발견할 수 있다. 요즈음 TV나 신문에 보도되고 있는 기사를 보면 오로지 자신이나 자신이 속한 집단의 이익만을 위해 궤변을 늘어놓는 정치인들이 너무나 많다.

이런 정치인들의 특징은 자기 생각만을 강하게 주장할 뿐 상대방의 이야기에는 전혀 귀를 기울이려 하지 않는다. 온통

나의 주장을 어떻게 전달할 것인가에만 관심이 집중되어 있어 목소리가 점점 커진다. 그런데 자신의 주장을 강조할수록 서로의 차이만 점점 더 부각될 뿐이다.

정치인뿐만 아니라 우리의 주변에도 이런 사람들이 많이 있다. 서로 대화는 하고 있으나 전혀 소통이 되지 않아 갈등 관계가 쉽게 풀리지 않는 것을 볼 수가 있다. 때로는 역지사지(易地思之)의 마음으로 상대방을 배려할 때 원만한 인간관계가 유지될 수 있을 것이다.

역지사지는 다른 사람의 처지에서 생각하라는 뜻이며, 무슨 일이든 자기에게 이롭게 생각하거나 행동하는 것을 뜻하는 아전인수(我田引水)와는 상반된 의미로 쓰인다. 역지사지는 대인관계에서 가장 기본적인 사항으로 여러 성인도 강조하였던 덕목이며, 행동 지침이었다.

공자는 "평생을 지니고 다닐 한 마디가 있다면 무엇이겠습니까?"라고 묻는 제자에게 "그것은 서(恕)다"라고 답하였다. '서(恕)'는 '남과 나를 똑같이 여기는 마음'을 뜻하며, 상대방의 입장과 상대방이 원하는 것이 무엇인지를 배려해서 상대방이 싫어하는 것을 하지 말라는 의미이다.

예수의 제자 중 한 사람인 마태가 작성한 마태복음에는 "비판을 받지 아니하려거든 비판하지 말라", "남에게 대접을 받고

자 하는 대로 너희도 남을 대접하라" 등의 구절이 나온다. 이는 자신을 기준으로 남이 나에게 어떤 것을 해주기를 바라지 말고 남을 기준으로 자신이 먼저 행동하라는 충고이다.

구전되어 오던 석가모니의 말씀을 인도의 승려인 다르마트라타(Dharmatrata)가 시구(詩句)로 정리한 법구경(法句經)에는 "자신의 마음으로 남을 헤아려 남을 해치지 말고, 해치라고 시키지도 마라"라는 구절이 있다. 이 역시 역지사지와 비슷한 맥락의 표현이다.

이런 성인들의 말씀이 아니더라도 우리는 일상에서 "네가 내 입장이 되어 봐라"라는 말을 자주 하게 된다. 내가 싫으면 남도 싫은 법이다. 내가 당해서 싫은 것은 남에게도 하지 않는다는 원칙만 잘 지키면 사람들에게 부당한 대우를 받을 일이 없고, 미움을 받을 일도 없다.

그러나 말은 쉬워도 실천하기는 참으로 어려운 것이 역지사지다. "나는 엄마처럼 살지 않을 거야"라는 딸의 말에 "너도 딱 너 같은 딸 낳아서 키워 봐라"라고 응수하는 모녀간에 흔히 나올 수 있는 대화는 서로 자신을 이해해주지 못하는 상대방에 대한 서운함이 표출된 것이다.

사람의 생각이란 그의 지식이나 경험의 범주를 벗어나기 어렵다. 결국 자신이 이해하고 겪어본 내용을 기준으로 판단하게 되므로, 다른 경험이나 배경을 가진 상대방을 이해하고 그의 입장에서 판단하는 일은 쉬운 일이 아니다. 그럼에도 불구하고 서로 시기하고 미워하는 갈등 관계를 해소하려면 이런 노력을 계속하여야 한다.

그를 위해서는 우선 마음의 문을 열어야 한다. 무조건 나의 생각이 맞고, 나의 말이 옳다는 식으로 빗장을 걸고, 상대방의 주장에 대해서는 이해하려는 마음보다 "어떻게 저 말을 반박할까?"라는 딴생각만 하고 있다면 아무런 변화도 일어나지 않는다. 이는 갈등을 키워갈 뿐이다.

다음으로는 유체 이탈을 하듯이 나에게서 벗어나 높은 곳에서 나를 바라보는 것처럼 항상 객관화하려고 노력하여야 한다. 관객이나 재판관처럼 제3자의 입장에서 나와 상대방의 주장을 들어보아야 한다. 이를 위해서는 내 생각이나 고정관념에 계속 질문을 던지고, 반성을 해보는 습관이 필요하다.

10.
세대 차이

나이를 먹으면서 세상이 변했음을 자주 느끼게 된다. 특히 나이 어린 사람들을 보면 "우리 때에는 저렇지 않았는데"라는 생각을 하게 된다. 세대 차이를 느끼는 것은 동서양을 막론하고 오랜 옛날부터 있었으며, 기성세대와 신세대 사이의 세대 갈등은 피할 수 없는 일이다.

메소포타미아 지역에 존재했던 수메르(Sumer) 문명은 인류 역사상 최초로 문자를 사용한 기록이 남아 있는 문명이다. 기원전 1700년경에 작성된 수메르 점토판에는 아버지가 아들에게 "제발 철 좀 들어라", "왜 그렇게 버릇이 없느냐?" 등의 말을 하는 내용이 나온다고 한다.

그리고 기원전 3세기 중국 전국시대(戰國時代) 말기에 법치주의를 주창하였던 한비자(韓非子)는 그의 저서 「오두(五蠹)」에서 "젊은이가 부모가 화를 내도 고치지 않고, 동네 사람들이

욕해도 움직이지 않고, 스승이 가르쳐도 변할 줄을 모른다"라
고 한탄하였다.

일반적으로 비슷한 시기에 태어나 역사·사회적으로 유사한
경험을 하고, 같은 교육과정을 밟은 사람들은 인식의 공감대
를 형성하게 된다. 세대(世代, generation)란 이처럼 스스로
일체감을 느끼고, 다른 연령대의 집단과 구분되는 특징을 가
진 연령층을 말하며, 종래에는 세대 구분을 부모와 자식 간의
연령 차이인 약 30년을 한 단위로 보았다.

농경사회와 같이 사회적 변화가 거의 없을 때는 앞세대와
뒷세대의 생활환경에 큰 차이가 없었으며, 경험이 많은 웃어
른이 사회공동체에 가치가 있는 지식을 아랫사람에게 전달해
줄 수 있었다. 그런데도 경험의 차이에서 오는 갈등이 세대 간
에 존재하였다.

그러나 산업혁명 이후 변화의 속도는 매우 빨라졌으며, 정
보화시대를 지나 4차 산업혁명의 시대라고 불리는 요즘은 그
속도가 더욱 빨라져 한 세대의 구분도 30년보다 훨씬 짧아지
게 되었다. 요즘 젊은이들은 20년이 아니라 10년만 차이가
나도 세대 차이를 느낀다고 한다.

이처럼 급변하는 시대에 요즘 실세를 쥐고 있는 386세대보
다도 앞선 '쌍팔년도(단기 4288년: 1955년)' 출생의 베이비붐 세

대인 나는 젊은이들과 극심한 세대 차이를 느낄 수밖에 없다.
그러나 지금은 꼰대 소리를 듣는 우리도 한때는 청춘이었으
며, 우리 앞세대와 세대 차이를 느껴 답답해하기도 하였다.

한 예로, 고3 시절 나의 제안으로 채택된 우리 반의 급훈은
'· · · !'이었으며, '말 없는 실천', 즉 '말로만 하지 말고 행
동으로 실천하자'라는 의미였다. 당시로서는 파격적인 급훈이
었으며, 교실에 수업하러 들어오신 선생님마다 한 소리 하셔
서 결국 1주일 만에 다른 내용으로 바꿀 수밖에 없었다. 바뀐
급훈은 아마 1970년대에 흔히 볼 수 있었던 '근면' 또는 '노
력'이거나 그 비슷한 내용이었을 것이나 지금은 잘 기억나지
않는다.

요즘의 젊은이를 가리키는 말로 최근에는 유행처럼 'MZ세
대'라는 용어가 널리 사용되고 있다. MZ세대란 M세대와 Z세
대를 합쳐서 부르는 것이며, 특히 매스컴에서 많이 사용하고
있으나 사람마다 세대의 범위를 다르게 규정하여 그 연령대가
명확하지 않다.

일반적으로 M세대는 1980년대 초반부터 1990년대 중반
사이에 출생한 밀레니얼(millenial)을 말하고, Z세대는 1990
년대 중반부터 2000년대 후반 사이에 출생한 사람들을 말한
다. 나이로 치면 대략 10대 중반에서 40대 초반에 해당하며,

약 30세 차이가 나는 연령대를 하나의 세대로 묶어서 정작 MZ세대에 속하는 사람들은 공감하지 못한다. 어른들의 눈에는 모두 하나로 보이지만 그들끼리는 차이를 느끼고 있는 것이다.

실제로 어떤 설문조사에 의하면 20대들은 위로는 5살, 아래로는 3살까지를 같은 세대라고 인식하고 있었다고 한다. 다른 조사에 따르면 20대가 근접한 연령대에서 느끼는 친근감은 10대보다 30대가 더 높았다고 한다. 나이 많은 30대보다 자신보다 어린 10대에 느끼는 이질감이 더 컸으며, 이는 어려질수록 세대 차이를 느끼는 간격이 점점 짧아진다는 것을 의미한다.

이들 MZ세대의 특징은 새롭고 이색적인 것을 추구하며, 자신이 좋아하는 것에 쓰는 돈이나 시간을 아끼지 않는다. 이들은 개인주의적인 성향이 있으나, 남에게 피해를 주는 이기주의와는 다르며, 단체보다는 개인의 행복을 우선으로 여긴다. 그리고 미래보다는 현재를 가장 중요하게 생각한다.

전화보다 카카오톡이 편하고, TV보다는 유튜브를 통해 정보를 얻는 MZ세대는 디지털 기기에 익숙하지 못한 우리 세대보다 빠르게 새로운 정보와 지식을 얻고 있다. 디지털 기술의 발달로 세대 간의 정보 격차가 갈수록 심화되고 있으며, 이는 세대 간 갈등의 원인이 되기도 한다.

우리와 우리들의 자녀뻘인 MZ세대는 너무도 다른 시대적 환경에서 살아왔다. 어쩌다 외국에 나가서 삼성의 광고판을 보거나 현대의 자동차를 만나면 반가워하던 우리와는 달리 이들은 경제적으로는 물론이고 K-Pop을 비롯하여 문화적으로도 최상위 그룹에 속하는 국가의 국민으로 태어나고 성장한 세대다.

이런 시대적 차이는 우리가 그 환경에서 살아보지 않았기 때문에 이해할 수 없는 부분이다. 우리보다 훨씬 국제화되어 있고, 디지털 환경에 익숙한 MZ세대는 일상적인 생활방식이나 연애, 결혼, 출산 및 자식 교육에 대한 인식에서도 큰 차이를 보이며, 행복이나 삶의 기준이 우리 세대와는 많이 다르다. MZ세대는 우리와 커뮤니케이션의 방법이 다르고, 그들이 사용하는 신조어나 줄임말은 이해하기 힘들다.

나의 딸들이 자라온 환경은 나와 다르고, 가치관이 변하였기 때문에 나와 생각이나 기준이 맞지 않는 것은 당연하다. 그들의 삶은 스스로 결정하는 것이고 내가 강요하여서는 안 된다는 것을 머리로는 이해하지만 자꾸 간섭하려 하고, 내 말을 무시하고 따르려 하지 않을 때는 서운함을 느끼는 것을 보면 나도 어쩔 수 없는 노인인가 보다.

우리 세대는 이미 사회의 주도적인 세력은 아니며, 앞으로의 세상은 MZ세대에 의해 꾸려질 것이다. 어리게만 보아온 두 딸도 이미 결혼하여 어엿한 가정주부가 되어 가정을 꾸려가고 있다. 그들을 믿고 그들이 가꾸어 갈 세상을 지켜보는 일만이 내가 할 수 있는 일이다.

요즘 유치원에 다니는 손주들을 보면 우리 세대와는 전혀 다른 인류임을 실감하게 된다. 어려서부터 '뽀로로'와 '아기상어'를 보면서 자라서인지 TV 리모컨과 스마트폰을 다루는 것이 어른들에 못지않다. 이들에게 IT기술은 생활 그 자체이며, 이들이 자라면 MZ세대와는 또 다른 인생관과 세계관을 갖는 세대가 될 것이다.

11.
싸전의 고양이

세월이 흘러가며 우리의 일상생활이나 사회 모습도 변해간다. 요즘은 쌀이나 콩 등의 곡식을 사려면 마트에 가서 일정한 중량으로 포장된 상품을 사거나 온라인으로 배달시키는 것이 일반적이지만 예전에는 주로 시장에 가서 됫박으로 파는 것을 사 왔다.

쌀과 그 밖의 곡식을 펼쳐놓고 손님이 요구하면 그 자리에서 됫박으로 파는 가게를 '싸전'이라고 불렀으며, 이제는 잘 사용하지 않아 젊은이들에게는 생소한 단어가 되었다. 됫박을 밀대로 밀어 가지런하게 재면 야박하다는 소리를 들었고, 대충 손바닥으로 정리하여 조금 소복하게 담아주는 인정이 있었다.

이런 됫박질 흥정과 함께 싸전에서 흔히 볼 수 있는 풍경이 싸전 한 귀퉁이 볕이 잘 드는 곳에서 낮잠을 자는 고양이의 모습이었다. 실컷 자고 있다 밥을 줄 때나 잠시 눈을 뜨는 고양이는 "개 팔자가 상팔자"라는 말이 무색할 정도로 부러워 보인다.

그러나 이는 지나가는 손님의 입장에서 느끼는 것일 뿐 주인의 입장에서는 전혀 다르다. 싸전은 상품의 특성상 창고에 쥐가 많이 꼬이기 쉽다. 특히 사람의 인기척이 없는 밤에는 쥐들의 잔치가 벌어지게 되며, 이를 막아주는 것이 고양이의 역할이다. 따라서 모든 싸전에서는 예외 없이 고양이를 키웠다.

고양이는 야행성이어서 주로 밤에 활동하고 낮에는 얌전히 있는 편이다. 낮에도 밤처럼 활발하게 이리저리 뛰어다닌다면 널려있는 곡식들을 흐트러뜨려 오히려 장사에 방해가 될 뿐이다. 고양이는 낮에 아무 일을 안 해도 그 존재만으로도 쥐를 막아주어 제 역할을 다한다.

평균수명이 길어지면서 90세가 넘은 부모님이 살아계시는 경우가 많다. 나이와 건강 때문에 경제적인 활동은 물론이고 가사에 도움이 되는 노동을 할 여력도 안 되어 하루 종일 방에서 보내시는 것이 일반적이다. 그러나 이처럼 연로한 부모님은 그 존재만으로도 가족의 구심점이 된다.

예전처럼 대가족이 함께 모여 살지 않고 부모와 자식 단위의 단출한 가족이 일반적인 요즘은 명절이나 제사 등의 큰 행사가 아니면 가족 전체가 모이는 일이 별로 없다. 이렇게 모일 때는 부모님을 중심으로 모이게 된다. 부모님이 거동이 불편하거나 병들어 누워있더라도 살아계시기만 하면 부모님이 계신 곳으로 모이는 계기가 될 수 있다.

그러나 요즘은 양로원이나 요양병원에 모시는 사례가 많아지면서 그런 구심점의 역할이 사라지고, 각자 편한 날짜에 따로 찾아뵙는 경우가 많아졌다. 화장하여 봉안시설에 모시는 사례가 늘어나면서 이제는 제사를 모시지 않거나 모시더라도 약식으로 하는 가정이 늘었고, 기독교 가정에서는 간단한 추도예배로 대신하기도 한다. 따라서 자연스럽게 자녀와 손주들은 함께하지 않고 형제자매들만 모이게 된다.

그리고 장소의 공간적 제약으로 인하여 예전처럼 손자, 손녀까지 모두 데리고 모이는 것이 불가능해진 면도 있다. 요즘은 자식을 1~2명 낳는 것이 보통이나 우리 세대에는 형제자매가 5~6명 되는 것이 예사이며, 이들이 장성하고 자녀가 결혼하여 손주를 보게 되면 전체인원이 20~25명이나 되어 웬만한 평수의 아파트에는 수용이 불가하다.

어느덧 세월이 흘러 이제는 내가 부모님이 하시던 역할을 맡게 되었다. 명절이 되면 홀로되신 어머님을 찾아뵙고 함께 하는 시간보다 딸·사위 부부와 손주를 맞이하여 함께 하는 시간이 길어졌다. 한 세대가 저물고 다음 세대가 이어지고 있음을 실감하게 된다.

12.
이 또한 지나가리니

우리는 일상생활을 하면서 수없이 많은 고민과 걱정을 하게 된다. 그 대상도 건강, 재산, 생활비, 자녀 문제, 직장 문제 등 현실적이고 실질적인 것부터 천재지변, 지구 환경, 기후 문제 등과 같이 나 스스로 해결하기에는 범위가 너무 큰 것까지 다양하게 존재한다.

인간은 미래를 내다볼 수 없으므로 앞으로 일어날 수도 있는 일에 불안감을 갖는 것은 당연하며, 그것을 극복할 해결 방안이 마땅치 않을 경우 끝없는 걱정으로 밤을 새우게 되는 것이다. 은퇴하기 전에는 특히 과제의 성패, 보고서, 발표 준비 등 직장과 관련된 걱정이 많았다.

지난 직장 생활의 경험을 통하여 걱정한다고 해결되는 일도 없고, 걱정으로 밤을 새운 일도 막상 닥치면 무사히 지나가기도 한다는 것을 알게 되었다. 걱정하든 말든 결과 자체는 크게 달라지지 않는다. 밤새운 걱정은 숙면을 방해한 시간 낭비였으며, 에너지 낭비였을 뿐이라는 것도 알게 되있다.

그러나 걱정이 모두 쓸모없지는 않은 측면도 있다. 걱정은 미리 준비하고 대비할 수 있게 하는 긍정적인 면도 있다. 예측되는 상황을 머릿속으로 시뮬레이션해 보면 좋은 결과를 내는 데 도움이 될 수도 있다. 다만 이런 경우는 드물고 대부분의 걱정은 일어나지 않을 일에 대한 쓸데없는 정신 소모일 뿐이다.

미리 걱정하여 불안해하는 것보다는 실제로 겪어보고 해결해 나가는 것이 더 현명하다. "하늘이 무너져도 솟아날 구멍이 있다"라는 속담처럼 그 상황에 닥치면 그에 따른 해결 방법이 생기게 마련이다. 걱정과 고민으로 자신을 힘들게 하지 않는 것이 좋다.

어려움에 당당하게 맞서는 것도 하나의 방법이지만, 나이가 들면서 "이 또한 지나가리니"하고 순응하는 법을 배우게 된다. "살면 살아진다"라는 말이 있다. 젊은 시절 어떻게 살아가야 할지 막막한 상황을 여러 번 겪었지만 어떻게든 이겨냈고 지금까지 살고 있다.

자연스러운 삶에 대한 깨달음이 담긴 조선 중기의 문신인 김인후(金麟厚)의 시조가 생각난다.

청산도 절로절로 녹수도 절로절로

산 절로 수 절로 산수 간에 나도 절로

이 중에 절로 자란 몸이 늙기도 절로 하리라

직장 생활도 마쳤고, 자녀들이 어느 정도 자리 잡도록 뒷바라지도 마친 지금은 자유로울 때도 되었는데 여전히 걱정에 붙잡혀있다. 그중에서도 중심이 되는 것은 건강과 죽음에 대한 것이다. 몸이 조금만 이상해도 "암에 걸린 것은 아닌가?" 또는 "죽을병에 걸린 것은 아닌가?"라는 걱정을 하게 된다.

죽음은 누구도 피해 갈 수 없는 자연적 현상이며, 노년기에는 이를 더욱 가깝게 느끼게 된다. 누구는 두려움과 불안 등으로 죽음을 회피하려는 부정적인 태도를 보이고, 누구는 죽음을 당연하게 여기고 긍정적으로 받아들이는 태도를 보인다. 죽음을 대하는 태도에 따라 노년기 삶의 질이 달라진다.

어차피 피할 수 없는 죽음이라면 아등바등 대항할 것이 아니라 받아들이고자 한다. 그리하여 내 삶을 돌이켜보는 시간을 갖고, 인간적인 존엄을 잃지 않고 편안히 눈을 감고자 한다. 갑작스러운 죽음에 당황하지 않도록 미리 배려해 두는 것은 남겨진 가족들에게 줄 수 있는 마지막 선물이라 하겠다. 떠나는 이의 아쉬움과 남는 사람들의 슬픔은 있을지라도 이 또한 지나갈 것이다.

13.
고상한 죽음

친구들을 만나 이야기하다 보면 나이 탓인지 건강과 죽음에 대한 주제가 자주 등장하곤 한다. 저마다의 이유로 각자 바쁘게 인생을 살아오느라 정작 자신에 대해 깊게 생각할 시간이 없었으나, 은퇴 이후 여유가 생기면서 자신을 돌아보는 기회를 갖게 되고, 죽음에 대해서도 생각해보게 된다.

누구나 살면서 가족이나 가까운 친척 또는 지인의 죽음을 겪게 된다. 젊어서는 조문을 가도 부모나 조부모의 상(喪)이 많았으나 이제는 선후배나 친우의 상이 많아졌다. 그만큼 나에게도 죽음이 멀지 않았음을 실감하게 되고, 죽음에 대하여 진지하게 생각해보는 시간을 갖게 된다.

2000년대에 한때 건강에 관한 관심이 커지며 '웰빙(well-being)'이란 단어가 유행하였으나, 요즘은 잘 사용하지 않게 되었다. 그보다는 고령화와 1인 가구의 확산으로 고독사가 급증하면서 '웰다잉(well-dying)'이란 단어가 유행하고 있다. 웰다잉이란 품위 있고 존엄하게 생을 마감하는 일을 말힌다.

시인 조지훈(趙芝薰)이 병상에서 쓴 '병(病)에게'라는 유작(遺作)은 죽음을 맞이하는 심정을 잘 표현하고 있는 명시(名詩)로 꼽히고 있다. 병을 친구라 부르며 대화체로 쓴 이 시는 7연(聯)으로 구성되어 있고 비교적 긴 편이다. 마지막 7연은 다음과 같으며, 병과 죽음으로부터 초탈한 시인의 자세를 엿볼 수 있다.

잘 가게 이 친구
생각 내키거든 언제든지 찾아주게나
차를 끓여 마시며 우리 다시 인생을 얘기해보세그려

인생의 마지막 단계인 죽음을 스스로 준비하고, 남은 날을 아름답게 마무리하는 것은 매우 중요한 일이다. 죽음이라는 미지의 세계를 두려워하고 피할 것이 아니라 인생의 자연스러운 한 과정으로 받아들여야 한다. 이에 도움을 주기 위한 교육이나 체험을 제공하는 곳도 있다.

죽음을 긍정적으로 받아들이고 노년을 보다 건강하고 즐겁게 보내는 동기를 마련하기 위해 버킷리스트(bucket list)를 작성해보길 권하기도 한다. 그러나 나는 버킷리스트를 작성하지 않겠다. 만일 그중에 하지 못한 일이 생기면 삶에 대한 미련이 남을 것 같기 때문이다. 다만 남은 생은 인생의 보너스라 생각하며 여행이나 취미생활도 하면서 즐겁게 살고자 한다.

자신의 삶을 되돌아본다는 의미에서 자서전을 권유하기도 한다. 그러나 출판하여도 읽어줄 사람이 없는 책이라면 별 의미가 없을 것이다. 나를 기억하고 나에게 관심이 있는 사람들이라면 내가 저술한 책을 읽어보는 것으로 충분할 것이다. 그 책들에는 나의 삶과 생각이 담겨있다.

웰다잉을 위한 제안으로서 자신의 장례 방식을 결정하고, 자신의 물품을 미리 정리할 것을 권하기도 한다. 그러나 요즘은 화장이 대세여서 선택의 여지가 별로 없으며, 어차피 장례와 유품 정리란 살아남은 자들의 몫이어서 망자(亡者)가 관여할 수 없는 부분이다.

나의 기일에도 특별한 제사 대신 나를 기억해주는 날로 여겨 앨범을 들춰보거나, 저서 중에 마음에 드는 문장을 읽으며 추억해주었으면 좋겠다. 음식도 내가 좋아했던 것이 아니라 모임에 참석한 사람들이 즐길 수 있는 것으로 준비하고, 마실 사람도 없는 술을 따르는 대신에 커피나 차(茶)를 나누었으면 좋겠다.

죽음의 순간을 어떻게 맞이하는가도 웰다잉의 중요한 기준이다. 흔히 하는 말로 '9988234(구구팔팔이삼사)'라는 것이 있다. "99세까지 팔팔하게 살다가 2~3일 앓고 죽는다"라는 의미로 죽기 직전까지 건강을 유지하고 싶은 소망을 담은 표현이라 하겠다.

무병장수하다 잠자듯이 죽음을 맞이한다는 것은 희망 사항에 불과하고 모두가 그럴 수는 없다. 마지막 임종은 삶의 미련이 남아 발버둥 치는 모습보다는 미소를 지으며 마치고 싶다. 그런 의미에서 불필요한 연명치료를 받고 싶지는 않다. 다만, 죽기 전에 소중한 사람들과 마지막 인사를 할 수 있는 의식(意識)이 있었으면 좋겠다.

"호랑이는 죽어서 가죽을 남기고 사람은 죽어서 이름을 남긴다"라는 속담이 있다. 그만큼 사람들은 죽은 후의 명성에 대해 신경을 많이 쓴다. 그러나 죽은 후에는 다 의미 없는 일이다. 다만, 남겨진 자손들이 나로 인해 곤란해지는 일이 없도록 사후평판이 나쁘지 않기를 바란다.

14.
호모 사피엔스

조화(造花)와 생화(生花)를 구분하듯이 생물과 무생물이 다르다는 것은 누구나 쉽게 인정할 수 있다. 그러나 바이러스처럼 생물도 아니고 무생물도 아닌 애매한 존재도 있어서 생물과 무생물을 구분하는 기준이 무엇인가에 대해서는 과학자들 사이에서도 의견의 일치를 보지 못하고 있다.

동물, 식물, 세균 등의 생물이나 바위, 흙, 책상, 컴퓨터, 자동차 등의 무생물도 모두 원자와 분자로 이루어져 있다는 공통점이 있고, 죽은 생물이나 살아있는 생물이나 똑같은 유기화합물로 구성되어 있다. 생물에 대한 명확한 정의도 확정된 것이 없으나, 일반적으로 생물에는 다음과 같은 특징이 있어 무생물과 구분된다.

생물은 정교하고 복잡한 구조를 가진 세포로 이루어져 있으며, 세포는 계속하여 생성되고 소멸한다. 생명을 유지하기 위하여 스스로 체내에서 필요한 물질을 합성하고 분해하는 능력이 있고, 외부 환경에 맞춰 적응할 수 있으며, 종족 유지를 위하여 자신과 닮은 자손을 남길 수 있다는 등이 생물의 특징으로 거론된다.

우리는 지구에서 살고 있으므로 생물을 대수롭지 않게 여기지만, 우주적 관점에서 보면 생물이란 매우 특이한 존재다. 우주는 지금으로부터 약 138억 년 전에 탄생하였으며, 지구는 약 46억 년 전에 생겼고, 지구상에 생물이 처음 출현한 것은 약 40억 년 전으로 추정되고 있다. 약 100억 년 동안이나 발생하지 않았던 예외적인 현상인 생물의 탄생이다. 그러나 생물이 최초에 어떻게 출현하게 되었는지는 아직도 밝혀지지 않았으며, 여러 이론이 존재할 뿐이다.

지구가 속한 태양은 은하계에 있는 3,000~5,000억 개로 추정되는 수많은 항성(恒星) 중의 하나에 불과하며, 우주에는 우리의 은하계와 같은 은하(銀河)의 수가 약 2조 개나 될 것으로 추정되고 있다. 그런데도 현재까지 지구 이외에서 생물의 존재가 확인된 사례가 없을 만큼 생물이란 아주 비정상적인 존재이다.

지구상의 수많은 생물 중에서도 사람은 다른 생물과 구분되는 특별한 존재로 인식되고 있으며, 사람도 동물의 일종(一種)

일 뿐이라는 사실을 인정하지 않고 지내는 경우가 많다. 특히 인문학(人文學)에서는 인간의 삶, 인간의 본성 등을 주로 취급하기 때문에 사고(思考)의 영역을 중시하고, 사람을 다른 동물과 구분되는 특별한 존재로 여기기 쉽다.

자연과학(自然科學)의 일부인 생물학(生物學)에서는 사람도 지구상에 존재하는 다른 생물들과 마찬가지로 하나의 생물로 여길 뿐이다. 우리는 세계의 모든 사람을 일컬을 때 '인류(人類)'라는 표현을 사용한다. 인류란 '사람의 무리'라는 뜻이며, 사람을 다른 생물과 구별하여 부르는 말이고, 생물학적 분류상의 한 집단임을 나타내는 단어이다.

생물학적으로 인류는 영장목(靈長目), 사람과(科), 사람속(屬)으로 분류된다. 넓은 의미에서는 고릴라나 침팬지와 같은 사람과(*Hominidae*)에 속하는 동물을 포함하기도 하나, 일반적으로 인류란 크로마뇽인(*Homo sapiens*), 네안데르탈인(*Homo neanderthalensis*), 플로레스인(*Homo floresiensis*) 등 사람속(*Homo*)에 속하는 동물을 의미한다.

사람속에 속하는 동물 중에서 호모 사피엔스를 제외한 모든 종(種, species)이 멸종하였기 때문에 사람속에는 호모 사피엔스 단일 종만 남아있다. 따라서 그냥 인류라고 말할 때는 현생인류(現生人類)인 호모 사피엔스를 지칭하는 것이 일반적이다.

오랜 세월에 걸쳐 생물은 진화와 멸종을 겪었으며, 오늘날에 존재하는 모든 생물은 진화를 통하여 멸종의 위기를 극복한 승리자이다. 인간 역시 다른 생물과 마찬가지로 종의 번식과 유지에 충실한 존재다. 사람들이 결혼하고, 자녀를 낳아 기르는 것도 종을 이어가기 위한 본능과 무관하지 않다.

인간이 다른 생물보다 우월하게 보이고, 생각하고 새로운 것을 발명할 줄 아는 무언가 특별한 존재로 여겨질 수도 있다. 그러나 인간의 그런 능력도 진화의 결과일 뿐이다. 우연한 선택의 결과 유인원 중의 일부가 두 발로 걷게 되면서 손이 자유롭게 되었고, 머리가 커져 두뇌를 활용하는 능력이 향상된 종이 생존에 유리하여 자손을 남길 수 있게 되었으며, 그 후손이 우리 인류인 것이다.

그런데 종족을 유지하는 생명력이란 관점에서 보면 사람은 다른 생물에 비해 크게 뛰어날 것도 없다. 오히려 지구가 멸망하는 최후의 순간까지 살아남을 가능성이 높은 생물은 사람이 아니라 바퀴벌레나 개미와 같은 벌레이거나 곰팡이나 세균과 같은 미생물이 될 것이다.

'내로남불'이라는 말이 있듯이 사람은 무생물이나 자신 이외의 생물에 대해서는 객관적으로 판단하면서도 자신에 관하여서는 주관적으로 판단하고, 특별하게 예우하려는 경향이 있다.

그러나 우주적 관점에서 보면 사람은 티끌과도 같은 존재이며, 생물학적 관점에서 보면 다른 생물에 비해 뛰어난 것도 없다는 점을 명심하고 겸손해져야 한다.

15.
서부전선 이상 없다

TV 뉴스를 보다 문득 「서부전선 이상 없다(Im Westen Nichts Neues)」라는 소설이 생각났다. 이 소설은 독일 출생의 '에리히 마리아 레마르크(Erich Maria Remarque)'가 제1차 세계대전에 직접 참전했던 경험을 바탕으로 집필하여 1929년에 출간하였으며, 헤밍웨이의 「무기여 잘 있거라」와 더불어 반전(反戰) 소설의 대표작으로 꼽힌다.

이 소설은 발매 첫 18개월 만에 22개국에 번역되어 250만 부 이상의 판매량을 올릴 만큼 인기 도서였다고 하며, 영화로도 여러 번 제작되었다. 우리나라에서는 '서부전선 이상 없다'라는 제목으로 번역되었으나, 독일어 원제목을 직역하면 '서부에 새 소식 없음'이 된다.

소설의 내용은 제1차 세계대전이 발발하였을 때 주인공인 파울 보이머가 그의 급우들과 함께 독일군에 자원입대하여 프랑스와의 전선(독일 입장에서는 서부전선)에 배치되며 겪게 되는 삶과 죽음을 그린 작품이다. 주인공과 동료들은 전쟁의 영웅도 아니며, 평범한 지원병으로 묘사되고 있다.

주인공은 전쟁이 끝나가던 1918년 10월에 곧 눈앞에 닥칠 휴전을 기대하며 전쟁 후에는 무엇을 해야 할지 막막해하던 어느 날 전사하게 된다. 이 소설의 제목은 주인공이 전사한 그날 독일군 사령부에는 '서부에 새 소식 없음'이라는 기록이 남겨진 것에서 따왔다.

우리나라의 6·25전쟁도 약 1년 동안의 치열한 공방전 후에 1951년 7월부터 협상이 시작되어, 약 2년이 지난 1953년 7월 27일에 정전 협정이 맺어지게 되었다. 협상 기간 중에 전체적으로 전쟁은 소강상태였으나, 고지(高地)를 차지하기 위한 수많은 전투가 있었으며, 사소한 총격전은 늘 발생하였다.

이런 상황에서 학도병 중의 누군가가 사소한 총격전 중에 사망하였어도 '서부전선 이상 없음'과 유사한 보고서가 상부로 보고되었을 수도 있었을 것이다. 그러나 사망한 당사자의 가족에게는 이것이 6·25전쟁의 모든 사건보다도 가장 큰 사건이 되었을 것이다.

이처럼 당사자에게는 매우 중요하다고 생각되는 일도 제3자의 눈에는 대수롭지 않은 일로 비칠 수도 있다. 동유럽에서 벌어지고 있는 우크라이나 전쟁이 길어지면서 이제 관심이 멀어지고 있다. 우리는 전쟁의 당사자가 아니며, 그 참상을 피부로 느낄 수 없기 때문이다.

자신의 안위를 먼저 생각하고, 자신의 이익이 되는 일에 관심을 가지는 것은 당연하며, 대부분의 사람은 자신의 기준과 시각으로 세상을 보게 된다. 그러나 때로는 모든 일을 거시적이고 객관적으로 보는 것이 필요하며, 자기중심적인 사고방식에서 벗어날 필요성이 있다.

그런데 세상에는 그렇지 않은 사람들이 많이 있다. 특히 정치 권력자들이나 높은 자리에 있는 사람들에게 이런 경향이 강하다. 나 아니면 안 된다는 아집(我執)에 빠져 있거나, 나만이 이 문제를 해결할 수 있다는 착각에 제 자리를 지키려고 추태를 보이기도 한다. 그러나 모든 사람은 죽고, 그가 죽은 후에도 세상은 잘 돌아간다.

우리는 모두가 1등이 되려고 애쓰고 있으며, 성공한 사람만이 주목을 받고 있다. 그러나 모든 경기에서 우승자는 단 한 명뿐이며, 어느 분야나 성공한 사람은 극소수에 불과하고 대부분의 사람들은 이름을 알리지 못하고 사라져간다. 그러나 그렇다고 그 사람들의 삶이 가치 없다거나 무의미한 것은 아니다.

우리 사회는 여러 사람이 각기 제 역할을 함으로써 유지되는 것이며, 성공한 주인공만으로는 원만하게 세상이 굴러갈 수 없다는 것을 인식하여야 한다. 한 편의 영화가 완성되기 위해서는 수연뿐만 아니라 조연도 필요하고, '행인3'과 같은 엑스트라도 필요하며, 아무 역할도 없이 배경 화면에 등장하는 군중도 필요하다.

우리는 등산을 하면 정상에 올라 기념사진을 찍고, 정상에서 보이는 바위나 흙을 기억하게 된다. 그런데 모든 산을 이루는 바위, 돌, 흙 등의 구성성분은 정상의 것이나 산 밑자락에 있는 것이나 큰 차이가 없다. 산 밑자락부터 쌓아 올려진 흙 등이 없으면 정상도 존재할 수 없다. 산 정상의 흙만 기억하지 말고, 등산 중에 밟고 올라간 흙도 기억하면 좋겠다.

16.
밤하늘의 별

어렸을 적에는 밤에 하늘을 보면 하늘을 가르는 은하수와 쏟아질 듯 총총히 빛나던 별을 볼 수 있었다. 북두칠성을 비롯한 별자리들을 찾아보기도 하고, 이따금 빛을 내며 떨어지는 별똥별을 발견하기도 하였다. 별을 보며 많은 상상을 하기도 하였고, 꿈을 키워가기도 하였다.

저녁을 먹고 산책 삼아 나와 올려다본 하늘에는 별이 별로 보이지 않았다. 그 많던 별이 다 어디로 사라진 것인지 아파트에서 볼 수 있는 별의 숫자는 열 손가락으로 꼽을 정도였다. 얼마 남지 않은 별은 마치 늦가을에 외롭게 버티고 있는 마지막 잎새를 보는 것 같다.

우리의 어린 시절을 풍요롭게 하였던 별이지만 요즘 아이들에게는 컴퓨터 화면 속에서나 볼 수 있는 것이 되었다. 이제는 인공적인 불빛이 별로 없는 시골 오지나 천문 관측이 가능한 기상대를 일부러 찾아가야만 볼 수 있는 관광 상품 비슷한 것이 되어버렸다.

그러나 별이 보이지 않는다고 별이 없는 것은 아니며, 별은 여전히 제자리를 지키고 있다. 이처럼 눈에 보이지 않는다고 진실이 사라지는 것은 아니다. 요즘은 아파트의 불빛으로 별을 감추는 것처럼 진실을 호도하려는 시도를 하는 사람들이 많이 있다.

SNS와 개인 방송이 넘쳐나고 있으며, 이들은 아무런 통제도 받지 않고 자신의 주장을 일방적으로 쏟아내고 있다. 대부분은 진실을 전달하기보다는 구독자 수를 늘리는 것에 더욱 큰 관심이 있기 때문에 구독자를 더 많이 끌어모을 수만 있다면 무리한 행동이나 주장도 서슴지 않는다.

이들이 주장하는 음모론이나 고발은 진실과는 거리가 멀거나 오히려 반대인 경우도 많다. 이들이 SNS나 개인 방송을 지속할 수 있는 것은 관심을 보이고 동조하는 사람들이 있기 때문이다. 사람은 믿고 싶은 것만 믿는 경향이 있으며, 동조하는 사람들은 한쪽의 편견에 사로잡힌 광적인 집단을 형성하게 된다.

지금 우리 사회의 가장 큰 문제점은 서로 의견을 달리하는 집단으로 분열되어 있다는 사실이다. 한 집단에 소속된 사람은 상대편 집단에 소속된 사람의 말을 믿으려 하지 않고, 그들의 일거수일투족을 의심과 부정의 눈으로 보려고 한다. 정지권에서 시작된 이런 편향성이 사회 전반에 퍼져있어 우리나라 발전의 시너지를 가로막고 있어서 안타깝다.

별이 보이지 않아도 별이 존재한다는 것이 진실이지만, 반대로 별이 보인다고 별이 존재하는 것이라고 확신할 수도 없다. 우주는 상상할 수 없을 정도로 매우 크기 때문에 천문학에서는 거리를 나타낼 때 광년(光年)이란 단위를 사용한다. 1광년이란 빛이 1년 동안 날아간 거리를 말한다.

만일 100만 광년 떨어진 곳에 있는 초신성이 지금 폭발하여 사라지더라도 그 별빛은 앞으로 100만 년 동안은 지구에서 관측될 것이며, 우리는 여전히 그 별이 그 위치에 존재한다고 여기게 될 것이다. 우리 눈에 보이는 별들은 보통 수백 광년 이상 떨어진 곳에 있고, 그 별이 사라져도 우리의 생애 동안에는 그 별이 존재한다고 믿게 될 것이다.

백세주의 광고에 나오는 '구기백세주 설화'에 따르면 한 선비가 길을 가던 중에 웬 청년이 노인의 종아리를 회초리로 때리는 광경을 목격하고 이를 꾸짖었다. 그런데 사실은 그 청년이 노인의 아버지였고, 구기를 이용해 만든 백세주를 마시고는 더 이상 늙지 않게 되었다고 한다.

이처럼 눈에 보이는 것이 모두 진실이라고 말할 수도 없다. 세상에는 눈에 보이는 이면에 진실이 숨어있는 경우도 많이 있다. 따라서 겉으로 드러난 모습만 보고 성급하게 판단해서는 안 되며, 사람을 대할 때도 선입견이나 편견에 휩쓸리면 안 된다.

눈에 보이지 않는다고 없는 것이 아니며, 눈에 보인다고 그것이 모두 진실이 될 수도 없다. 이와 마찬가지로 매스컴이나 유튜브 등에서 어떤 내용을 접하였을 때 쉽게 동조하여서는 안 되며, 사건의 이면이나 반대되는 의견까지 충분히 검토하여 스스로 확신이 섰을 때 비로소 올바른 판단을 할 수 있다.

17.
아바타

　10여 년 전에 상영된 영화 '아바타'는 전 세계 흥행수익 1위를 기록하였으며, 최근에 상영된 그 후속작 '아바타2' 역시 관객들의 호응을 받아 흥행을 이어가고 있다. 이 영화의 인기와 더불어 생소한 용어였던 아바타(avatar)라는 단어가 낯설게 느껴지지 않는다.

　원래 아바타는 인도의 고대어인 산스크리트어로 '하늘에서 내려온 자'를 의미하며, 종교적인 용어로서 신의 분신(分身) 또는 화신(化身)을 뜻하는 말이다. 인터넷 게임에서는 플레이어가 직접 조작하는 가상의 캐릭터를 아바타라고 하며, 포털사이트에서 자신을 나타내는 사람 모양의 아이콘을 아바타라고 부르기도 한다.

　인터넷 게임에 등장하는 아바타는 현실의 나와는 전혀 다른 모습을 하고 있는 것이 보통이며, 심지어는 성별이 다를 수도 있고 나이도 구애받지 않는다. 사람들은 현실에서는 할 수 없는 일을 아바타를 통하여 대리 체험하고, 그로 인하여 만족감을 얻기도 한다. 이것은 아바타의 실제 사용자가 누구인지 다른 사람늘이 알 수 없기 때문에 가능한 일이다.

이런 의미에서 인터넷상에서의 아바타는 닉네임과 비슷한 면이 있다. 아바타와 마찬가지로 닉네임 역시 다른 사람들은 닉네임의 실제 인물이 누구인지 모르는 경우가 대부분이며, 이런 익명성으로 인하여 우리 사회에 순기능과 역기능을 동시에 발휘한다.

익명성의 가장 큰 장점은 표현의 자유를 확대한다는 것이다. 사람들은 사회생활을 하면서 일반적으로 어떤 말을 하기 전에 "이 말을 하면 나에게 어떤 불이익이 발생하지는 않을까?", "비난받지는 않을까?" 등등 많은 것을 고려하게 된다. 설령 그것이 옳은 말이라는 확신이 있어도 망설이게 된다.

그러나 익명성이 보장된 인터넷상에서는 이것저것 염려하지 않고 자유롭게 의견을 표현할 수 있다. 익명성은 사회적 약자나 소수자들도 자신의 신원이 밝혀져 보복이나 괴롭힘을 당할 두려움을 걱정하지 않을 수 있고, 우리 사회에서 꼭 필요한 내부고발이나 비윤리적인 행태의 폭로를 가능하게 만든다.

반대로 익명성을 이용하여 비도덕적이며 반인륜적인 행위

가 자행되기도 한다. 자신이 노출되지 않는다는 점을 이용하여 욕설이나 인신공격 등 타인에게 상처를 주는 말을 가볍게 하며, 악성 댓글을 달기도 하고, 때때로 불합리한 마녀사냥에 편승하기도 한다. 이로 인하여 그 대상이 된 사람이 자살을 하는 경우도 발생한다.

익명성의 또 다른 폐해는 근거가 없는 허위 사실을 유포하여 가짜 뉴스 확산의 주요 원인이 되기도 한다는 점이다. 인터넷의 특성상 한 사람이 여러 사람인 척 위장할 수 있어서 마치 그것이 다수의 의견처럼 보이게 만들어 여론을 조작할 수도 있다. 이처럼 왜곡된 여론은 각종 정치·사회적인 문제에 대해 사람들이 제대로 판단할 수 없게 만든다.

익명성 그 자체는 선도 아니고 악도 아니며, 그것을 활용하는 사람의 도덕적 의식 수준에 따라 순기능을 할 수도 있고, 역기능을 할 수도 있는 것이다. 익명성은 표현의 자유를 보장하지만, 책임이 따르지 않는 자유이기 때문에 비도덕적으로 가기 쉽고, 우리는 이 점을 경계하여야 한다.

모든 인간은 100% 선하지 않고, 100% 악하지도 않으며, 선한 마음과 악한 마음을 동시에 지닌 존재이다. 이런 인간의 이중성을 잘 나타낸 것이 영국의 소설가 '로버트 루이스 스티븐슨(Robert Louis Stevenson)'이 쓴 「지킬박사와 하이드」라는 소설이다. 선한 마음의 비중이 클 경우 '수양이 깊은 사람', '훌륭한 인품을 갖춘 사람'으로 평가받게 되는 것이다.

또한 인간은 혼자 있을 때와 여럿이 함께 있을 때 다른 모습을 보이기도 한다. 젊은 시절 평소에는 얌전하던 사람도 예비군복을 입고 예비군 훈련장에 가면 전혀 다른 사람이 된 것처럼 행동하는 것을 자주 목격하였고, 나 자신도 어느 정도 그에 동화되곤 하였다.

이는 군중심리(群衆心理)라는 특수한 심리 상태에 빠지기 때문이다. 군중심리란 여러 사람이 집단으로 모였을 때 개인의 일상적인 사고나 행동과는 달리 자제력을 잃고 쉽사리 흥분하거나 다른 사람의 언동에 따라 움직이는 일시적인 심리 상태를 말한다.

이는 인터넷상의 익명성과 비슷하게 개개인의 행동이 잘 드러나지 않아 책임소재가 불분명하여 발생하는 것이다. 또한 정보가 한정되어 있으므로 그릇된 판단을 하기 쉽고, 군중에 일체화되어 자아의식을 잃기 쉬워서 "다수를 따르는 게 나에게 득이 된다"라는 막연한 믿음에 근거하여 다수의 행동을 따르게 되는 것이다.

현대인은 매일 같이 쏟아지는 수많은 정보에 묻혀서 살아가고 있다. 그 많은 정보 중에는 유익한 것도 있고, 해로운 것도 있으며, 사실이 아닌 것도 있다. 인터넷이나 매스컴에서 전하는 내용을 모두 그대로 받아들이면 자아를 잃게 되며, 스스로 잘 판단하여야 주체성을 지켜나갈 수 있다. 마찬가지로 군중 속에 있으면서도 자신의 주관을 잃지 않는 의연한 자세를 유지하여야 한다.

18.
정보의 홍수

　요즘은 누구나 핸드폰 하나 정도는 가지고 있으며, 핸드폰을 통하여 다양한 업무를 처리하고, 정보도 얻고 있다. 실로 핸드폰 없이는 살 수 없는 사회라고 말할 수 있다. 핸드폰뿐만 아니라 매스컴 등을 통하여도 다양한 정보를 접하게 된다. 그런데 이런 정보 중에는 확인되지 않은 내용도 많이 유포되고 있다.

　핸드폰은 인류에게 많은 도움을 주고 있지만, 부작용도 나타나고 있다. 그중의 하나가 사람들을 논리적인 것보다는 감각적인 것에 의존하게 하는 것이다. 텍스트(text)보다는 동영상을 선호하고, 내용이 긴 것보다는 짧은 것을 선호하게 한다. 동영상 광고의 평균 시청 시간은 5.7초 정도라고 한다.

　사람들은 어떤 궁금한 사실이나 내용을 자신이 노력하여 얻기보다는 쉽게 SNS 등에서 얻으려고 하지만, 10초 이내의 짧은 시간에 답을 알려고 한다. 따라서 정보를 전하려고 하는 사람도 논리적인 설명보다는 거두절미하고 핵심만 간단히 말하게 되며, 이 과정에서 주장하는 결론이 나오게 된 전제조건은 모두 생략된다.

어떤 음식의 효능을 설명하기 위해 특정 성분이 많이 포함되어 있다는 것을 강조하는 경우가 많으며, 대부분의 사람들은 이에 영향을 받아 음식을 구매하고, 소비하게 된다. 그런데 어떤 성분이 효능을 나타내기 위해서는 일정 수준 이상을 섭취하여야만 하며, 통상적인 식사에서의 섭취 수준으로는 그 효능을 발휘할 수 없는 경우가 대부분이다.

예를 들어 "포도에는 레스베라트롤(resveratrol)이라는 물질이 들어 있어서 유방암, 전립선암, 대장암, 폐암 등 각종 암세포의 증식을 억제하여 몸에 좋다"라고 한다. 이는 쥐를 대상으로 한 실험에서 "체중 1kg당 24mg의 레스베라트롤 추출물을 먹였더니 사망률이 31% 낮아졌다"라는 논문을 근거로 한 것이다.

그런데 국내에서 주로 재배되고 있는 캠벨얼리 품종의 경우 kg당 레스베라트롤 함유량은 껍질에 약 4mg, 과육에 약 0.6mg 정도라고 한다. 위의 논문에 나오는 효과를 얻는 데 필요한 양을 계산하면, 체중 60kg인 사람의 경우 껍질로는 약 360kg,

과육으로는 약 2.4톤을 먹어야 한다.

이것은 통상적으로 먹는 포도의 양에 비하여 너무 많은 수준이며, 포도를 먹는 것만으로는 암을 예방하는 효과를 기대하기 어렵다. 결국 전제조건은 생략되고, "포도를 먹으면 암에 걸리지 않는다"라는 단순화된 내용만 전달하는 것은 사실의 왜곡이고 잘못된 정보를 제공하는 것이 된다.

우리가 쉽게 접하게 되는 음식의 효능에 관한 정보도 대개는 이와 비슷하다. 인터넷을 잠깐 검색하면 "기관지 천식에는 배즙이 좋다", "고혈압에는 감즙이나 무즙이 좋다", "동맥경화 예방에는 양파가 좋다", "불면증에는 호두죽이 좋다" 등등 일일이 예를 들 수 없을 정도로 많은 정보를 찾을 수 있다. 그러나 이들도 위의 포도의 효능에 대한 정보와 유사한 것으로 일반적인 수준의 섭취로는 효과를 얻을 수 없다.

그동안 식품이나 음식에 관하여 몇 권의 책을 저술하였고, 가까운 친척이나 지인들에게 선물로 주기도 하였다. 책을 받은 사람 중에는 책의 내용이 너무 어렵다거나, 내용이 길어서 끝까지 읽기가 어려웠다고 말해주기도 하였다. 때로는 독자들이 쉽게 읽을 수 있고, 흥미 있는 내용으로 쓰면 어떻겠냐고 조언하기도 하였다. 쉽게 말하여 팔리는 책이 될 수 있는 내용으로 쓰면 어떻겠냐는 제안이었다.

식품이나 음식에 대한 책을 쓰면서 널리 알려진 상식과 부합하는 내용을 인용하고, 효능이나 효과에 대한 내용을 강조하면 일반 독자들의 관심을 끌 수 있다는 것은 나 역시 잘 알고 있다. 그러나 식품을 전공하였고, 40여 년간 식품업계에 종사한 사람의 양심에 따라 의식적으로 효능이나 효과에 관련된 내용은 배제하고, 잘못 알려진 상식을 바로잡는 데 노력을 기울였다.

오늘날에는 정보의 홍수라고 불릴 정도로 너무 많은 정보에 노출되어 있으며, 전문 지식과 경험이 없으면 정보의 진위를 판별하기 어렵다. 그 수많은 정보 중에서 진실을 가려내는 일은 전문가의 영역이 되어 버렸다. 광야에서 외치는 외로운 목소리가 될지언정 내 목소리가 들리는 범위까지라도 진실을 알리고 싶다.

19.
식품 상식의 허와 실

　우리는 매일같이 매스컴이나 SNS를 통하여 식품에 관한 이야기를 접하고 있고, 주변의 사람들과 식품에 대한 정보를 서로 주고받고 있으므로 식품에 대하여 상당히 많은 지식을 가지고 있다고 생각하기 쉽다. 그러나 식품에 대한 정보를 제공하는 지인이나 매스컴 등의 주장이 사실과 다를 수도 있다는 생각은 별로 하지 않는 것 같다.

　내가 오뚜기의 연구원으로 근무하면서 가장 어려웠던 점은 누구나 식품의 전문가라도 되는 양 내가 개발한 제품에 대해 쉽게 평가하여 기를 꺾었던 일이었다. 그들은 제품의 맛에 대해 평가하고, 영양에 대해 충고하고, 효능에 대해 조언하였다. 그러나 그들과 조금만 더 이야기하면 그들이 알고 있는 지식이 매우 얕다는 것을 느낄 수 있었다.

　"무식하면 용감하다"라는 말처럼 잘 알지도 못하면서 모두 알고 있다고 믿는 사람은 잘못된 사실을 진실인 것처럼 믿고 있어 자신의 주장을 전혀 바꾸려고 하지 않는 특징이 있다. 이들은 자신의 주장과 맞는 정보를 들으면 그 출처를 확인하지도 않고 받아들여 자신의 주장에 확신을 심어준다. 그리고 자신의 믿음과 다른 의견을 받아들일 준비가 전혀 되어있지 않다.

그러나 우리가 상식으로 알고 있는 내용이 사실과 다른 경우도 많으며, 때로는 잘못된 사실이 진실인 양 전달되어 오해를 불러일으키기도 한다. 식품분야에 있어서 MSG만큼 사람들에게 좋지 않은 인식을 주고 있는 성분은 없을 것이다. 사람들은 왜 MSG가 나쁜지 잘 알지도 못하면서 무조건 "MSG는 나쁘다"라는 상식에 매몰되어 MSG를 배척한다.

그런데 MSG가 나쁘다는 인식을 심어주게 된 배경에는 동양에서 발견되어 서양의 식품업계에 위기의식을 불러일으킨 새로운 성분에 대한 서양인들의 배척과 모함이 있다는 사실을 알고 있는 사람은 많지 않다. MSG는 나빠야만 되는 성분이었으며, 부정확한 실험 결과를 근거로 서양의 소비자단체 등에서 퍼트린 소문이 상식으로 굳어지게 된 것이다.

그러나 진실은 언젠가 밝혀지고 마는 것이어서, 현재는 미국 FDA에서도 MSG가 안전한 물질이라는 것을 인정하고 있다. MSG는 1909년에 처음 생산되어 100년이 넘게 전 세계인이 사용하고 있으나 MSG로 인해 건강에 이상이 생긴 경우가 보고되지 않아 안전성을 의심할 여지가 없다. 다행히 요즘은 소비자의 인식도 조금씩 변하고 있으며, 한동안 매대에서 자취를 감추었던 MSG가 마트에서 진열되어 판매되고 있는 것을 볼 수가 있다.

MSG보다 역사는 짧지만 GMO 역시 잘못된 상식 때문에 기피되고 있는 성분이다. 식량 위기로부터 인류를 구할 신기술이며, '제2의 녹색혁명'이라는 찬사를 들으며 화려하게 등장했던 GMO가 현재는 안전성을 비롯한 여러 가지 반대 주장에 부딪히고 있다.

GMO를 반대하는 주장의 배경에는 유럽 농민들의 미국산 농산물 수입 거부 운동이 있으며, 주로 유럽을 중심으로 GMO의 문제점이 제기되고 있다. 우리나라 사람들은 유럽 시민단체의 영향을 받은 국내 시민단체의 활동에 의해 일반적으로 GMO에 대해 부정적이며, 안전하지 못하다고 생각하고 있다.

GMO 기술에서 앞선 미국에서는 판매되고 있는 식품의 절반 이상이 GMO를 함유하고 있으며, 미국인들은 GMO가 안전하다고 여기고 있다. 그동안 GMO의 안전성에 대해서 수많은 의혹이 제기되었으나 사실로 밝혀진 것은 없고, 1994년에

GMO 토마토가 최초로 상품화된 이후 약 30년이 지난 현재까지 사람의 건강에 나쁜 영향을 주었다는 사례는 없다.

우크라이나 전쟁의 장기화와 기상 이변으로 국제 식량 위기가 고조됨에 따라 그동안 GMO에 대해 부정적이던 국가들도 입장을 바꾸고 있다. 최근 중국은 유전자 변형 농작물에 대한 국가표준을 고시했으며, 이는 GMO 농작물의 재배 및 판매를 허용하겠다는 뜻이 담겨있다. 또한 아프리카의 케냐는 GMO의 재배와 수입을 금지한 결정을 철회하기로 하였다.

GMO는 농업환경이 열악하여 자체 생산량이 부족하고, 경제 사정이 좋지 않아 국제적인 곡물 원조에 의지하였던 아프리카를 비롯한 후진국에서 곡물 생산량을 늘릴 수 있는 유일한 방법이다. 세계 인구는 2022년 11월에 80억 명을 넘어섰으며, 이는 1974년에 40억 명을 넘어선 이후 약 50년 만에 두 배로 뛴 것이다. 이처럼 급격히 증가하는 인류를 먹여 살리기 위해서도 GMO는 꼭 필요하다.

일반소비자의 경우 타르색소, 발색제, 방부제 등의 식품첨가물을 불안한 화학물질로 인식하고 있으나 이는 매스컴과 소비자단체의 영향을 받은 결과이며, 대부분의 식품첨가물은 안전하고 꼭 필요한 것이다. 암은 암을 발생시키기에 충분한 양을 섭취할 경우에만 걸리게 되는 것이며, 현재 사용이 허가된 식품첨가물들은 모두 안전성이 확인된 것이어서 우려할 필요가 없다.

식품첨가물뿐만 아니라 중금속이나 환경호르몬에 대해서도 불안한 물질로 인식하고 두려워한다. 따라서 이와 관련된 시설이 자기 집 근처에 설치될 예정이라는 이야기만 나와도 결사반대한다. 그러나 과거에 발생하였던 중금속이나 환경호르몬 오염 사고는 그 존재를 미처 몰랐기 때문이며, 오늘날에는 환경에 대한 감시와 사전 검사에 의해 중금속이나 환경호르몬에 의한 식품 오염 사고는 거의 일어나지 않고 있다.

식품 상식 중에는 몸에 나쁘다는 것뿐만 아니라 몸에 좋다는 것도 있다. 그중에서 식초가 몸에 좋다는 믿음은 아주 오래되었으며, 식초를 이용한 다양한 민간요법이 전해지고 있다. 식초는 당뇨, 고혈압, 동맥경화, 간장병, 위장병, 신장병 등의 질병에 효능이 있는 등 마치 만병통치약처럼 여겨지고 있다.

이외에도 식초는 피부노화 억제, 만성피로 회복, 불면증 극복, 항암, 소화 촉진, 면역기능 강화 등에도 효과가 있다고 한다. 그러나 식초가 유익하다는 주장들은 모두 과학적 근거가 빈약하며, 아직 식초의 효능을 과학적으로 증명한 논문은 한 건도 없다. 식초의 효능은 대부분 위약효과(僞藥效果)에 의한 것이다.

위약효과란 약리적으로 아무 효과가 없는 성분을 환자에게 약으로 속여 투여함으로써 유익한 작용을 나타내는 것을 말한다. 식초를 마시고 효과를 보았다는 사람들은 "식초를 먹으면 건강해진다"라는 믿음 때문에 유익한 결과를 얻을 수 있었던 것이다. 식초의 진정한 가치는 신맛을 내는 대표적인 조미식품이며, 천연의 살균·방부제라는데 있다.

식초 못지않게 비타민C 역시 몸에 좋은 성분이라는 것이 상식처럼 되어있어서 영양보충제 중에서 가장 많이 팔리는 제품이다. 비타민C가 이처럼 널리 알려지게 된 것은 매스컴의 영향이 크며, 요즘도 비타민C와 건강에 관한 이야기는 매스컴의 좋은 소재로 자주 등장하고 있다.

비타민C는 우리 몸에 꼭 필요한 비타민 중의 하나이며, 건강을 위하여 섭취하여야만 하는 물질임은 틀림없다. 그러나 비타민C는 무병장수의 묘약(妙藥)이 아니다. 비타민C가 체내에 머무르는 기간은 약 6시간 정도로서 적정량 이상의 비타민C는 모두 소변으로 배출되므로, 필요 이상으로 많이 섭취할 필요가 없다.

노벨상을 두 차례나 수상한 라이너스 폴링(Linus Pauling) 박사의 영향으로 '비타민C 메가도스(mega dose)법'이란 이름으로 전파되고 있는 미신에 가까운 신념 때문에 비타민C를 찾고 있으나, 현대인은 일상적인 식생활을 통하여 충분한 양의 비타민C를 섭취하고 있으므로 굳이 비타민C 영양보충제를 복용할 필요가 없다는 사실을 알고 있는 사람은 드물다.

비타민C와 관련되어 사과를 먹어야 하는 것처럼 알고 있으나, 이 역시 진실과는 거리가 멀다. 서양에서는 "하루에 사과 한 개씩 먹으면 병원 갈 일이 없다"라는 속담이 있을 정도로 사과의 가치를 높이 평가하고 있으나, 이는 사과가 육류 중심인 서양의 식생활에서 상대적으로 영양의 균형을 맞출 수 있는 과일이었다는 역사적 배경에서 나온 것이다.

사과에 비타민C가 많다는 환상은 다른 과일류가 널리 알려지기 훨씬 이전부터 서양에서 사과를 먹어왔기 때문에 생긴 것이다. 실제로는 사과에는 비타민C가 100g당 4~5mg 정도밖에 없어서 다른 과일들에 비하여 오히려 적은 편이다. 무, 배추 등의 채소에도 사과보다 많은 양의 비타민C가 포함되어 있으며, 우리가 일상적으로 자주 먹고 있는 김치에도 사과보다 3~5배나 많은 비타민C가 함유되어 있다.

건강에 대한 관심이 높아지면서 비싼 가격에도 불구하고 올리브유를 찾는 사람들이 많이 있다. 올리브유는 올레산이 많이 들어있어 좋은 콜레스테롤로 불리는 HDL을 높여주고, 나쁜 콜레스테롤로 꼽히는 LDL을 낮춰주는 것으로 알려져 있다. 또한 토코페롤 및 베타카로틴이 많아서 노화를 방지하고, 암 발병을 예방한다고 한다.

그러나 올리브유의 이러한 효능들은 판매회사의 광고에 의해 실제보다 부풀려진 것이며, 우리 국민의 식습관에 비추어 볼 때 큰 효과를 기대하기 어려운 면도 있다. 올리브유에 올레산이 많은 것은 사실이지만 올레산의 섭취가 목적이라면 우리가 일상적으로 먹고 있는 대두유, 옥수수유 등의 일반 식용유로도 충분하며, 올레산은 우리 몸에서 합성이 가능한 지방산이어서 굳이 직접 섭취하지 않아도 된다.

콜레스테롤은 동맥경화와 이것이 원인이 되어 일어나는 심장병, 뇌혈관 장애 등을 일으키는 물질로서 흔히 몸에 해로운 물질로 취급된다. 따라서 콜레스테롤 함량이 높은 계란이나 메추리알을 비롯하여 우리 몸에서 콜레스테롤 합성의 원료가 되는 포화지방산이 많은 육류, 우유 및 유제품 등의 섭취를 줄여야 한다고 한다.

그러나 콜레스테롤은 우리의 몸에 꼭 필요한 물질이며, 이 때문에 모유에도 포함되어 있고, 유아용 분유나 이유식에는 콜레스테롤이 첨가된 것이 대부분이다. 콜레스테롤은 음식물로 섭취되기도 하지만 대부분은 간에서 합성된다. 우리의 몸은 음식을 통해 섭취되는 콜레스테롤 양에 따라 합성되는 양을

조절하여 항상 일정한 수준의 콜레스테롤을 유지한다

따라서 보통의 건강한 사람은 식품으로 섭취하는 콜레스테롤을 지나치게 의식하지 않아도 된다. 계란에는 콜레스테롤이 많이 들어 있어서 기피하는 사람도 있고, 일부 영양 관련 문헌에서도 이런 취지의 권유를 하고 있는데 이는 우리가 잘못 알고 있는 식품 상식 가운데 하나다. 일반적으로 계란을 2~3개씩 매일 먹어도 전혀 문제가 되지 않는다.

이외에도 우리가 알고 있는 건강기능식품, 설탕, 식염, 인스턴트식품, 유기농식품, 비만 등과 관련된 식품 상식 중에서도 사실과 다른 것이 많이 있다. 식품 상식뿐만 아니라 일반상식 중에서도 사실과 다른 예는 얼마든지 찾아볼 수 있다. 대단한 지식인 양 알고 있는 상식에 대해 의문을 가져보고, 진실을 받아들일 태도를 가지는 것이 필요하다.

20.
식품과 매스컴의 영향

　오늘날은 매스컴이 지배하는 사회라고 해도 과언이 아닐 정
도로 매스컴이 우리 사회에 미치는 영향이 매우 크다. 신문과
방송 등의 매스컴은 없어서는 안 될 중요한 기능을 하고 있으
나, 순기능과 함께 역기능도 가지고 있다. 대개의 사람들은 매
스컴이 전하는 내용을 모두 사실로 받아들이는 경향이 있다.
따라서 매스컴이 잘못된 정보를 전달하게 되면 그 피해는 엄청
나게 커지게 된다.

　식품이나 건강 관련 프로그램을 주로 시청하는 것은 가정
주부들이다. 가정주부들은 가족의 건강에 대해 아주 민감하
며, 이런 프로그램을 보는 이유도 새로운 정보를 얻기 위한 것
이다. 그런데 제공되는 정보는 시청률 유지를 위하여 주부들
이 관심을 가질만한 것을 골라 어느 한쪽의 일방적인 주장만을
내세우고, 객관적인 진실에 접근하려는 시도는 하지 않는다는

문제점이 있다.

내가 오뚜기의 연구원으로 근무하던 1989년에 발생한 우지사건(牛脂事件)은 건실한 식품기업이 비전문가의 오판과 매스컴에 의해 조성된 사회적 분위기에 의해 일방적으로 매도될 수 있음을 보여주었다. 또한 2008년에 발생한 광우병 파동은 매스컴의 조작과 여론에 편승한 사이비 전문가의 주장에 의해 진실이 왜곡될 수 있음을 깨닫게 하였다.

사회적 논쟁거리가 된 식품 사건의 배경에는 대개 소비자단체와 환경단체를 비롯한 시민단체의 활동이 있다. 시민단체의 관심과 감시는 과학이 반인류적으로 가는 것을 견제하는 중요한 역할을 한다. 문제는 시민 활동가들이 초창기의 순수했던 시민정신은 퇴색하고, 직업 활동가로 변질하면서 발생한다.

직업 활동가는 시민단체에서 활동하는 것이 생계의 수단이 되었으며, 하나의 단체에서만 활동하는 것이 아니라 유사한 성격을 갖는 여러 단체에 가입하여 활동하기 때문에 명함이 여러 장 되는 것이 보통이다. 이들은 논쟁거리가 되는 사건에는 반드시 관여하며, 논쟁거리가 없으면 스스로 만들어내기도 하여 자신의 존재감을 과시한다.

이들은 자신의 생계를 위하여 끊임없이 논쟁거리를 찾아다니며, 조그마한 단서라도 있으면 사실 여부를 확인하기도 전에 우선 터뜨리고 본다. 문제는 이들이 제기하는 내용 중에 확인되지 않은 사실도 많이 있고, 과학적으로 근거가 불충분한 주장도 포함되어 있다는 것이다. 이러한 사이비 시민 활동가들은 사회에 부정적인 영향을 줄 뿐이다.

진정한 감시와 문제 제기는 과학적 사실에 근거하여야 하며, 그렇지 않을 때 소비자에게 잘못된 정보를 전달하게 되어 일반 소비자에게 불안감만 심어주게 된다. 예를 들어, 어떤 논문이 발표되었다고 모두 사실로 밝혀진 것은 아니며, 다른 과학자들에 의해 검증되어야 비로소 논문에서 주장하는 것이 사실로 받아들여지는 것이다.

2004년 초에 황우석 박사는 "인간 체세포를 이용한 배아줄기세포 배양에 성공했다"고 발표하였고, 유명한 과학 잡지에 논문을 싣기도 하였다. 노벨상 수상 가능성까지 언급되며 전 세계의 주목을 받았으나, 다른 연구자에 의해 논문이 조작되었다는 것이 밝혀지면서 우리 국민들에게 큰 좌절감과 허탈함을 주었다. 이 사건의 사례와 같이 논문이 발표되었다고 모두 사실이 되는 것은 아니다.

가공식품이나 식품첨가물에 대한 오해 중에는 시민단체의 문제 제기에서 비롯된 것이 많다. 옛날처럼 주로 자급자족에 의한 생활을 할 때는 가공식품의 필요성이 상대적으로 낮았으나, 오늘날에는 가공식품과 식품첨가물 없이는 생존 자체가 불가능하다. 우리가 다양한 식품을 슈퍼 등에서 쉽게 구할 수 있게 된 것은 용도에 맞는 식품첨가물이 있기 때문에 가능한 것이다.

식품첨가물을 사용하여 가공식품을 만드는 사람들이 자신들의 제품을 가족에게는 안 먹일 것이라고 오해하기도 하나, 사실은 자기 회사의 제품을 가장 많이 먹는 것은 그 회사의 종업원과 그 가족이다. 나 역시 오랜 기간 식품을 개발하는 업무를 하였으며, 제품 개발을 위해서는 누구보다도 그 제품을 가장 많이 먹게 되는 사람이므로 나 자신의 건강을 위해서라도 식품첨가물을 무리해서 첨가할 수가 없었다.

매스컴을 통하여 잘못된 정보를 제공하는 사람 중에는 소위 전문가라고 하는 사람들이 있다. 특히 연구 활동보다는 주로 매스컴에 자주 등장하는 방송인 같은 교수들의 영향이 크다. 그들이 잘못된 내용을 주장하여도 대학교수이며 박사라는 사회적 지위 때문에 그를 접하게 되는 일반인들은 사실로 받아들이게 된다.

그러나 박사(博士)는 평범한 4년제 대학 출신의 학사(學士)보다도 아는 것이 적을 수 있다. 박사란 모든 분야에 대해서 잘 아는 사람이 아니라 자신이 전공한 분야에 대해서만 잘 아는 사람이다. 한 우물을 깊게 파고 들어가 우물 속의 내용은 매우 잘 알지만 우물 밖의 세상은 잘 모르는 경우가 많다.

이에 비하여 학사는 대학을 졸업한 후에 바로 사회로 진출하였기 때문에 어떤 분야에 대한 전문적인 지식은 부족하나 사회 전반적인 내용에 대해서 두루 파악하고 있는 편이다. 쉽게 비유하면 박사는 좁고 깊게 알고 있는 사람이고, 학사는 넓고 얕게 알고 있는 사람이라 할 수 있다.

박사는 이와 같은 일반적인 특성 때문에 자신의 분야에서 어떤 특별한 사실을 알아내면 이에 심취하여 모든 현상을 그것으로 설명하려는 경향이 있다. 이는 독선으로 흐르기 쉽고, 아주 기본적인 사실조차 망각하는 실수를 범할 때도 있다. 나는 설탕의 유해성에 대한 TV 대담 프로에 나온 어떤 영양학 교수가 한 말 때문에 충격을 받은 경험이 있다.

비타민을 전공한 것으로 짐작되는 그 교수는 "설탕에는 칼로리로 표시되는 에너지만 있을 뿐 영양소는 없다"라거나 "설탕은 체내에 들어가 몸에 소중한 비타민과 미네랄을 소모한다"라는 등의 황당한 이야기를 대단한 지식인 양 주장하였다. 이 이야기를 듣고 그가 정말 영양학 교수인지 의문을 품지 않을 수 없었다.

설탕 등 탄수화물이 우리 몸에서 하는 가장 중요한 역할은 바로 사람이 살아가는 데 필요한 에너지를 제공하는 것이며, 그런 역할 때문에 3대 영양소의 하나로 꼽는 것인데, 영양소가 없다는 것은 말이 되지 않는다. 또한 설탕을 섭취하여 소중한 비타민이나 미네랄이 소모되는 것이 아니라 설탕을 에너지로 바꾸는 데 사용하기 위하여 비타민이나 미네랄이 필요한 것이다.

매스컴 등에서 이런 사이비 전문가들이 이야기하는 '좋은 식품' 또는 '나쁜 식품'이라는 것도 함부로 믿을 것은 못 된다. 이들이 말하는 좋은 식품이란 어떤 유용한 성분이 다른 식품에 비하여 상대적으로 많다는 의미일 뿐이며, 나쁜 식품 역시 어떤 해로운 성분이 상대적으로 많다는 의미일 뿐이다.

어떤 식품에 대하여 '좋다' 혹은 '나쁘다'라고 단정적으로 말하는 것은 불합리하며, 사람들에게 음식 섭취에 대해 적절하지 못한 태도를 유발하게 한다. TV에서 몸에 좋다고 소개된 식품은 다음날 매장에서 불티나게 팔리는 현상이 벌어지기도 한다. 그러나 대부분의 경우 일반적인 식사로 섭취할 수 있는 양은 매우 적어 어떤 효과를 나타내기 어렵다.

21.
유기농식품이란 환상

안전한 식품에 대한 관심이 높아짐에 따라 최근의 식품 광고에서 가장 많이 볼 수 있는 표현이 '친환경', '자연', '천연', '유기농' 등이다. 유기농식품을 먹으면 왠지 건강에 좋을 것 같아서 일반농산물에 비하여 가격이 비쌈에도 불구하고 구매하는 소비자도 많이 있다.

이에 따라 일부 지방자치단체에서도 주민의 소득 증가라는 구실로 적극 권장하고 있으며, 유통업체에서도 일반식품에 비해 더 많은 이익을 남길 수 있으므로 적극적인 홍보를 하고 있다. 안전한 식품을 요구하는 소비자단체나 환경 관련 단체의 부정확한 정보에 의한 활동도 유기농식품 시장의 확대에 일정 부분 이바지하였다.

그러나 유기농식품은 일반식품에 비하여 안전하지도 않고, 맛이나 영양 면에서 뛰어난 것도 없다. 유기농식품의 건강 이미지는 유통업체의 마케팅으로 형성된 환상에 불과하다. 또한 유기농식품은 소비자들이나 환경단체에서 생각하는 만큼 식품에서 새로운 대안이 될 수도 없다.

유기농식품은 일반식품에 비해 잔류농약이 없고 화학비료를 사용하지 않아 건강에 유익하다고 한다. 소비자들은 기준치 초과 여부와 관계없이 농약이 검출되었다는 사실만으로 유해 식품으로 간주하는 경향이 있으나, 대개 일반식품 중의 잔류농약은 기준치를 초과하였다고 하여도 중독을 일으킬 만한 수준은 아니다.

그런데 유기농산물은 농약을 사용하지 않기 때문에 일반농산물에 비하여 병원성대장균과 살모넬라 등의 유해 미생물에 오염될 확률이 매우 높다. 유기농 재배에서 거름으로 사용되는 가축의 분뇨 등은 O-157 대장균의 주요 서식처가 된다. 과학적인 관점에서 보면 잔류농약보다 병원성대장균 등에 의한 식중독의 위험성이 훨씬 크다.

환경단체 등에서는 유기농식품이 친환경적이어서 미래 식품에서 새로운 대안이라고 주장한다. 그러나 유기농식품이 친환경적일지는 몰라도 일반식품에 비해 수확량이 적고, 보존 중 손실도 커 급증하는 인구를 먹여 살리기 어려우므로 미래의 대안이 될 수는 없다.

인류의 식량문제 해결이라는 측면에서 볼 때 유기농식품은 아주 불합리한 선택이라고 할 것이다. 인류가 농약과 화학비료를 발명한 이유는 늘어나는 인구를 먹여 살리기 위해서는 기존의 농업 방식으로는 불가능하였기 때문이다. 유기농산물을 주장하는 것은 과거로 회귀하자는 것이며, 현재의 농업 방식 이상의 생산량을 얻지 못한다면 유기농산물은 이상에 불과하다.

지구상의 경작지는 한정되어 있으며, 현재의 농경지를 모두 유기농 재배로 변경하게 되면 전체 생산량이 줄어들게 되어 저소득 국가나 빈곤층의 기아 상태를 더욱 부추기는 결과를 낳을 것이다. 현재 이상의 생산량을 올리려면 경작면적을 늘려야 하며, 이는 환경단체에서 주장하는 친환경이라는 본래의 취지와는 다르게 환경을 훼손하는 행위가 될 것이다.

TV를 켜면 귀농하여 유기농산물을 재배하며 여유롭게 생활하는 은퇴자의 모습이나 유기농산물로 고소득을 올리는 청년 농민의 성공담을 보여주는 프로를 쉽게 접할 수 있다. 이에 따라 농촌 생활에 대한 로망을 꿈꾸는 사람도 많이 있다. 개인적인 관점에서는 좋은 판단일 수도 있으나, 인류 전체라는 관점에서 보면 유기농산물은 일부 부유층만을 위한 특별한 식품이 될 수밖에 없다.

22.
인스턴트식품과 HMR

2020년 초에 발생한 코로나19의 유행에 따라 집에서 머무는 시간이 늘면서 배달 음식의 수요가 증가하였으며, HMR 역시 급성장의 계기를 맞이하였다. 2023년도 국내 HMR 시장은 5조 원이 넘는 것으로 추정되며, 팬데믹(pandemic)이 끝난 이후에도 꾸준히 성장할 것으로 예상된다.

HMR은 'Home Meal Replacement'의 약자로서 '가정의 식사를 대체하는 식품'이라는 의미이며, 짧은 시간에 쉽고 간단하게 조리해 먹을 수 있기 때문에 일반적으로 '가정간편식'이라고 번역된다. 그러나 법률적이거나 학문적인 용어가 아니고 상업적으로 사용하기 시작하면서 굳어진 용어이기 때문에 개념이 모호하고 HMR에 속하는 식품의 범주도 확립되어 있지 않다.

각 가정에서 요리하여 음식을 먹는 것이 인류의 오랜 역사에서 보편적인 생활 방식이었다. 그러나 산업혁명의 결과 인류의 생활 방식이 변하면서 가정이 아닌 밖에서 식사하는 일이 많아지게 되어 외식산업이 생겨났다. 그 후 바쁘게 살아가는 현대인에게 시간을 절약하고 간편하게 식사를 해결할 수 있는 방안으로서 인스턴트식품이 등장하게 되었다.

인스턴트식품은 맞벌이 부부나 홀로 사는 사람에게 없어서는 안 될 필수품이라 할 만큼 보편화되어 있지만 한편으로는 거센 비난을 받는 것도 사실이다. 인스턴트식품이라는 용어를 사용할 때는 대체로 '인공적', '일회용', '건강에 해로움' 등의 이미지를 포함한 부정적인 의미로 사용하고 있다.

HMR이란 용어는 1970년대에 미국에서 사용하기 시작하였으며, 우리나라에서는 2000년대 초반부터 HMR이 본격적인 주목을 받기 시작하였다. HMR과 인스턴트식품은 모두 '간편함'과 '빠름'이라는 공통점이 있으며, 엄격하게 구분하기 어렵다. 그런데 인스턴트식품이 주로 부정적인 의미로 사용되는 데 비하여 HMR은 긍정적이고 신기술이라는 이미지를 가진 차이가 있다.

이는 다분히 제조업체와 유통업체의 마케팅에 의해 형성된 것이다. 간편하고 빠르게 식사를 하려는 욕구는 피할 수 없는 시대의 흐름이며, 이런 욕구를 충족하는 식품은 성장 가능성이 매우 높다는 것은 식품업계에서는 누구나 예측할 수 있는 일이었다. 그런데 이런 특징을 가진 대표적인 식품인 인스턴트식품은 그 부정적 이미지 때문에 마케팅의 걸림돌이 되었다.

이에 대한 대안으로서 능장한 것이 HMR이란 용어였다. 즉석식품, 간편식품 등의 우리말로 번역할 수 있음에도 불구하고 HMR이란 약자를 그대로 사용한 것도 마케팅 전략의 하나였다. 영어 약자를 그대로 사용하여 무언가 신비감을 주고, 최신 기술이라는 인상을 심어주는 것은 요즘 유행하고 있는 마케팅 기법이다.

인스턴트식품을 HMR이라고 광고하는 것은 "눈 가리고 아웅"하는 격이며, 소비자들을 속이는 상술에 불과하다. 그러나 일반 대중은 이런 사실을 크게 인식하지 못하고 업체의 의도대로 끌려가게 된다. 똑같은 것인데 이름만 바꾸어 성공한 사례는 식품 분야에 한정된 것은 아니다.

내가 다녔던 농과대학에 있었던 잠사학과(蠶絲學科)의 경우도 이름을 바꾸어 크게 성공한 사례이다. 잠사란 누에고치에서 뽑아낸 실로서 명주실이라고도 하며, 비단(silk)의 원료가 되는 가늘고 고운 실을 말한다. 그런데 누에를 키워 잠사를 얻는 잠사업(蠶絲業)은 별 인기가 없었으며, 잠사학과를 지원하는 학생이 없어 과를 없애야 할 위기까지 몰리게 되었다.

이에 대한 해결 방법으로 제시된 것이 과의 이름을 바꾸어 이미지를 쇄신하는 것이었다. '누에'와 '번데기'를 연상시키는 '잠사'라는 이름 대신에 고급 섬유인 '비단'을 강조하여 천연섬유학과(天然纖維學科)로 변경하였다. 학과의 이름을 천연섬유학과로 고친 후 지원하는 학생이 늘게 되었으며, 학과의 입시 합격선도 높아지게 되는 성과를 거두었다.

이런 일이 가능할 수 있는 것은 사람들이 이성적으로만 판단하지 않고 감성에 따라서 반응하기도 하기 때문이다. HMR이나 천연섬유학과의 경우에는 없는 사실을 만들어낸 것이 아니며, 잘못 인식되고 있는 사실을 바로잡기 위한 것이므로 긍정적인 면이 있다.

그러나 때로는 사람들의 감성을 자극하여 사실과 다른 내용을 확산시키려는 시도를 하는 사람들도 있다. 큰 사회적 사건이 발생할 때마다 등장하는 '음모론'이 대표적인 사례이다. 이들의 목적은 사람들을 선동하여 자신의 이득을 취하려는 것이며, 지양되어야 할 사회악이다.

23.
음식의 고마움

인류가 지구상에 등장한 것은 대략 20만 년 전의 일이고, 인류 역사의 대부분을 차지하는 선사시대에는 주로 채집과 사냥으로 먹을 것을 구하였다. 선사시대에 살았던 인류의 조상들은 자연에 널려있는 동식물 중에서 먹을 수 있는 것과 먹으면 안 되는 것을 구분하기까지 오랜 기간 시행착오를 겪어야 했다.

그 과정에서 여러 차례 식중독으로 설사와 복통을 겪었을 것이며, 고열에 신음하기도 하고, 때로는 목숨을 잃기도 하였을 것이다. 그리고 복어와 같이 어떤 음식물은 특정 부위를 조심하면 먹을 수 있다는 것을 알게 되기까지는 또다시 많은 희생을 치러야 했다.

음식물의 성분이나 독성을 분석할 수 없었던 원시인들은 맛에 의해 먹어도 좋은 것과 먹으면 안 될 것을 구분하였다. 먹거리를 뜻하는 한자 '식(食)'이란 글자는 사람을 나타내는 '인 (人)'과 좋다는 뜻의 '양(良)'으로 구성되어 있다. 즉, 식(食)이 란 '사람에게 좋은 것', '먹을 수 있는 것'을 의미한다.

신농씨(神農氏)는 중국의 개국 전설 속의 제왕인 삼황(三皇) 의 한 사람으로 농업, 의약, 약초, 양조 등을 처음 알려준 신 (神)으로 추앙받고 있다. 그런데 신농씨란 어떤 한 사람을 의미 하는 것이 아니라 중국인의 선조인 선사시대 사람들의 행적과 경험을 투영하여 만들어낸 가공의 인물로 이해하는 것이 타당 할 것이다.

예를 들어 중국인들이 녹차(綠茶)를 마시게 된 유래에도 신 농씨가 나온다. 신농씨는 온갖 식물을 직접 먹어보고 그 효능 을 밝혀냈는데, 그러던 중 독초에 중독되었으나 우연히 찻잎 을 먹고 해독이 되어 그때부터 차를 마시게 되었다고 한다. 이 는 선사시대의 사람들이 약초를 발견하게 된 일화로 볼 수도 있다.

사람은 무언가 먹지 못한다면 더 이상 생명을 유지하기 어 렵다. 이처럼 음식은 우리의 생명을 유지하고 건강하게 활동 하기 위하여 꼭 필요한 것이다. 각 민족이나 지역적인 집단에 서는 그들에게 주어진 환경에 적응하여 다양한 음식을 개발하 여 왔다. 토속음식에는 그들의 역사가 담겨있으며, 문화와 가치관이 반영되어 있다.

우리나라의 경우 최근까지 '보릿고개'라는 말이 통용될 정도로 식량의 부족을 겪어야 했다. 배고픔을 참고 생명을 유지하기 위하여 무엇이든 먹어야 했던 상황에서 개발되고 발전된 것이 '나물'이다. 따라서 나물에는 다른 나라에서는 먹지 못하는 것으로 여기는 것까지도 먹을 수 있게 하는 요리법이 다양하게 존재한다.

한식(韓食)은 우리 역사와 문화의 일부이다. 우리나라는 사계절이 뚜렷하여 계절마다 얻을 수 있는 재료가 다르고, 반도이기 때문에 바다와 육지에서 나오는 재료를 모두 이용할 수 있어서 다양한 음식이 발달하였다. 고온다습한 기후는 벼농사에 적합하여 쌀밥이 주식이 되었다.

한식의 특징은 곡류와 채소류가 주를 이루고 있으며, 육류가 적다는 것이다. 또한 오랜 옛날부터 정착 생활을 하여 김치나 장류와 같이 시간이 오래 걸리는 발효음식이 발달하였다. 그리고 국이나 찌개 등 국물 요리가 많아 숟가락의 사용이 일반화 되어 있다.

우리의 한식과 같이 오랜 경험과 전통에 의해 탄생한 음식도 있으나, 비교적 역사가 짧은 음식도 많이 있다. 이런 음식들은 어느 정도 배고픔에서 벗어난 후에 '맛'을 추구하는 과정에서 탄생한 것이며, 시간상으로는 수백 년에 불과하지만 그 종류에 있어서는 과거 수만 년 동안에 나타난 음식보다 많을 정도이다.

오늘날에는 국제적인 교류가 빈번하여 각 민족이나 국가의 음식이 서로 융합하여 새로운 음식이 탄생하기도 한다. 이처럼 많은 음식이 등장하기까지는 수많은 가정주부, 요리사 및 식품연구원 등의 노력이 숨어있다. 음식뿐만 아니라 안전하게 보관하고 유통하기 위하여 기울인 노력도 무시할 수 없다.

우리가 일상적으로 먹고 있는 음식들은 모두 이런 선사시대 이래의 긴 과정과 수많은 사람의 노력을 거쳐 우리 앞에 놓이게 된 것이다. 따라서 우리는 모든 음식을 대할 때 감사의 마음을 가져야 한다. 음식은 단순한 생명 연장의 수단 이상의 의미를 지니고 있다. 우리는 음식을 통하여 즐거움을 느끼며, 다양한 인간관계를 형성하고, 문화를 유지한다.

24.
음식의 맛

우리는 일상적으로 음식을 먹으면서 생활하고 있기에 음식의 맛에 대해 잘 안다고 생각하기 쉽다. 그러나 맛에 대해 공부해 보면 알아 가면 알아 갈수록 모르는 것이 많아진다. 식품을 전공하였고, 약 40년 동안 식품회사에 근무하며 다양한 음식을 맛보았지만 여전히 자신할 수 없는 것이 음식의 맛이다.

인류의 진화를 연구하는 학자들은 우리가 느끼는 맛 역시 진화의 결과라고 주장하기도 한다. 단맛을 달다고 느끼고, 쓴맛을 쓰다고 느끼는 이유는 주로 수렵과 채집으로 생활하던 선사시대에 누적된 경험이 후대에 전해진 결과이며, 그 경험을 수용한 인간이 생존에 유리하여 오늘날까지 살아남게 되었다고 한다.

예를 들어 단맛은 일반적으로 기분이 좋고, 많이 먹어도 질리지 않는 맛이며, 이는 많은 섭취를 유도하게 된다. 단맛의 이런 특징은 인류가 생존에 필요한 에너지를 확보하기 위하여 진화한 결과이다. 단맛을 내는 물질은 대부분 활동에 필요한 에너지를 공급하는 탄수화물이 포함된 것이다.

쓴맛은 보편적으로 소량으로도 불쾌한 느낌을 받게 된다. 쓴맛 성분은 약리적인 효과가 있거나 독성물질인 경우가 많다. 쓴맛에 대한 불쾌한 느낌은 그 음식이 독(毒) 성분을 포함하고 있을 가능성이 있다는 경고가 진화에 반영된 결과다. 쓴맛과 마찬가지로 산(酸)의 강한 신맛은 심각한 위험을 줄 수도 있으니 조심하라는 인체의 경고다.

짠맛은 소량일 경우에는 식품의 맛을 좋게 하고 식욕을 증진하기도 하지만, 양이 증가할수록 점점 더 불쾌해진다. 식염 중의 나트륨은 다양한 생리기능을 하며, 부족하거나 넘치게 되면 어느 쪽이든 인체에 나쁜 영향을 미치게 된다. 따라서 적당한 양을 섭취하도록 진화된 결과가 짠맛에 대한 호감도로 나타난 것이다.

먹을 것이 절대적으로 부족하였던 먼 과거에는 생존을 위하여 먹을 수 있는 것이면 무엇이건 먹을 수밖에 없었다. 그러나 어느 정도 세월이 흐른 후에는 식사의 즐거움을 추구하게 되었고, 더욱 맛있는 음식을 원하게 되었다. 식품을 통하여 건강 문제를 해결하려는 건강기능식품이 등장한 오늘날에도 음식에서 맛은 절대적인 가치로 취급되고 있다.

맛에는 단맛, 신맛, 짠맛, 쓴맛, 감칠맛 등의 기본 맛 외에도 기름진 맛, 매운맛, 떫은맛, 아린 맛, 고소한 맛 등 여러 가지 맛이 있다. 일반적으로 식품의 맛이란 혀에서 느끼는 미각(味覺)을 말하지만, 코로 느끼는 향미(香味)나 입 안에서 느껴지는 질감(質感, texture) 등을 포함하여 맛을 판단하게 된다.

그런데 음식의 맛은 주관적이기 때문에 개인차가 크고, 같은 사람이라도 조건에 따라 다르다. 배고픈 공복 상태일 때와 배부른 상태에서는 당연히 맛을 다르게 느끼게 되며, 나이가 많아질수록 맛에 대한 예민도가 저하된다. 또한 기쁨, 슬픔, 분노, 긴장감 등의 심리상태에 따라서도 맛은 다르게 느껴진다.

강원도 정동진에 가면 '모래시계 소나무'라고 불리는 소나무가 있으며, 정동진으로 관광을 간 사람이라면 그 앞에서 기념사진을 찍는 일이 당연한 것처럼 여긴다. 그런데 1995년에 방영된 드라마 〈모래시계〉를 직접 시청한 사람과 남들이 하니까 따라서 하는 사람의 감회가 같을 수는 없다.

마찬가지로 사람에 따라서 특정한 음식에 대해 남과 다른 의미가 있거나 특별한 추억이 있을 수 있으며, 이런 음식은 맛을 다르게 느낄 수밖에 없다. 꽁보리밥이나 옥수수빵과 같이 투박하고 맛이 좋다고 하기 어려운 음식을 찾게 되는 것은 어린 시절의 추억이 있기 때문이다.

운동 경기를 관람할 때도 응원하는 팀이나 선수가 있는 경우와 그렇지 않은 경우는 재미와 몰입감이 다르게 된다. 또한 경기의 규칙을 알고 보는 것과 그렇지 않은 경우에도 차이가 난다. 음식에 대해 알고 먹는다는 것은 경기의 규칙을 알고, 응원하는 팀이나 선수가 있는 경기를 보는 것과 같다.

음식의 유래나 음식에 들어간 재료 및 건강에 유익한 이유 등 그 음식에 대해 알고 먹을 때는 아무런 사전 지식이 없이 먹었을 때보다 맛있게 느끼게 된다. 음식점에 들어가면 그 음식의 유래나 장점을 소개한 글이 붙어있는 것을 흔히 보게 되는 이유도 이 때문이다.

음식의 맛은 매스컴의 소개, 판매회사의 광고, 가격 등에 의한 선입관에 의해서도 영향을 받는다. 그리고 자신이 좋아하는 연예인이나 스포츠 선수, 또는 어떤 유명한 사람이 즐겨 먹는다고 알려진 음식은 왠지 더 맛있는 것 같고 먹고 싶은 기분이 들게 된다.

음식의 맛은 분위기에 따라서도 크게 차이가 난다. 어린 시절에는 음식이 가진 고유의 맛에 따라 맛있는 것과 그렇지 않은 것을 구분하지만 나이가 들어감에 따라 음식 고유의 맛보다는 그 음식을 먹는 환경, 상황, 분위기 등에 더 큰 영향을 받게 된다.

　우선 함께 식사하는 사람에 따라 음식의 맛이 달라진다. 요즘은 '혼밥'도 유행하고 있지만 혼자서 먹는 음식보다는 누군가와 함께 먹는 음식이 맛있다. 함께 식사하는 사람이 가족 또는 친구나 연인이라면 음식이 비싸지 않은 소박한 것이어도 맛있게 먹을 수 있다. 그러나 직장 회식이나 거래처 상담 등 업무와 관련되어 부담감이 있는 경우라면 비싸고 고급스러운 것이라도 음식의 맛을 느끼기 어렵다.

　사람뿐만 아니라 식사하는 장소에 따라서도 음식의 맛은 달라진다. 같은 음식이라도 집에서 먹는 것보다는 야외로 나가서 먹는 것이 맛있으며, 식당에서 즐기는 외식이 좋다. 식당 중에서도 레스토랑, 호텔, 정원이 딸린 멋진 한식집 등 분위기가 좋은 곳에서 먹으면 왠지 더 맛있게 느껴지며, 분식집이나 휴게소의 식당처럼 단지 한 끼를 때우기 위한 장소에서 먹으면 맛이 덜하다.

　그 사람의 건강 상태에 따라서도 음식의 맛은 당연히 다르게 느껴진다. 몸에 이상이 있는 경우에는 음식의 맛을 즐기기 어려우며, 몸에서 잘 받아들이지도 못한다. 몸에 큰 병이 있는 것이 아니라 단지 치아에 문제가 있을 뿐이어도 음식의 맛을 느끼며 식사하기 어렵다.

그리고 아무리 맛있는 음식이라도 매일 그 음식만 반복하여 먹는다면 질리게 된다. 평소에 즐겨 먹는 음식이 있더라도 오늘은 왠지 다른 음식을 먹고 싶어지는 날이 있다. 따라서 아무리 친한 사이라도 함께 식사하러 갔을 경우 "너 이 음식 좋아하지?"라고 말하며 대신 메뉴를 주문하는 일은 삼가야 한다.

나이가 들어 젊은 시절에 비해 미각이 떨어지고, 다양한 음식의 맛을 이미 경험하여 알고 있는 요즘에는 웬만한 음식을 먹어서는 맛있다는 느낌을 가질 수가 없다. 매우 맛있다고 느껴 인생의 한 컷(cut)으로 저장된 음식을 먹어도 당시의 감탄은 느낄 수 없으며, 추억을 그리워할 뿐이다.

맛에 대한 관심이 무뎌지면서 음식의 맛 자체보다는 음식을 먹는 분위기를 즐기게 되었다. 따라서 TV나 SNS 등에 소개된 유명한 맛집이라도 줄이 길게 늘어서 있어서 오래 기다려야 먹을 수 있다면 쉽게 포기하고 돌아서게 된다. 차라리 유명하지는 않아도 여유롭게 담소를 나누며 식사를 할 수 있는 곳을 찾게 된다.

25.
진화와 비만

인류는 지구상의 다른 생물들과 마찬가지로 생존을 위해 진화했으며, 그 진화의 결과가 현재 우리의 모습이다. 현생인류인 호모 사피엔스가 출현한 것은 지금으로부터 약 20만 년 전이며, 그때부터 최근에 이르기까지 항상 먹을 것이 부족하여 영양부족 상태에서 지내왔으며, 인체는 이에 적응하도록 진화하였다.

그중에서 대표적인 것이 음식물로 섭취한 에너지 중에서 당장 필요한 에너지가 아니라면 몸에 비축하여 두었다가 나중에 필요한 시기가 오면 사용하는 능력이었다. 이런 능력은 생존에 필수적이었으며, 에너지를 효율적으로 저장하는 유전자를 가진 사람들이 살아남아 그 유전자를 후손에게 남겨준 것이다.

인체에서 에너지를 내는 물질에는 탄수화물, 지질, 단백질이 있으며, 1g당 에너지는 탄수화물과 단백질은 약 4kcal이고, 지질은 약 9kcal이므로, 지질의 형태로 저장하는 것이 효율적이다. 탄수화물과 지질은 탄소(C), 산소(C), 수소(H)로 이루어져 있으며, 인체 내에서 상호 전환이 가능하도록 진화하여 탄수화물을 섭취하여도 지질로 바꾸어 저장할 수 있다.

우리가 섭취한 탄수화물은 거의 에너지원으로 사용되며, 다른 영양소에 비해 에너지로 바꾸는 것이 매우 쉽기 때문에 당장 필요한 에너지로 사용된다. 그런데 탄수화물을 많이 섭취하면 여분의 영양소가 지질로 전환되어 지방조직과 지방세포에 비축되어 비만의 원인이 된다.

비만이란 기본적으로 음식물로 섭취한 에너지에 비하여 소비된 에너지가 적을 경우 발생하게 된다. 선사시대의 인류는 이렇게 비축한 지질을 소비하며 음식물을 섭취하지 못할 때도 삶을 유지하였다. 그러나 현대인은 사고 등으로 특수한 상황에 처하기 전에는 비축된 지질을 사용할 일이 거의 없다.

인류는 오랜 기간 영양결핍에 적응하도록 진화하였으며, 영양부족 상태에 대한 저항성은 강하여 물만 마셔도 며칠씩 견딜 수가 있다. 그러나 영양과잉 상태에 대해서는 적절한 대응 방법이 없으며, 에너지가 계속 비축되기만 하면 비만과 성인병이라는 부작용이 나타나게 되는 것이다.

사람들이 기름(지질)을 맛있다고 느끼는 것도 되도록 기름을 많이 섭취하는 것이 생존에 유리하였기 때문에 그런 방향으로 인류의 진화가 이루어진 결과이다. 기름을 나타내는 '지(脂)'라는 한자는 '고기'를 의미하는 '月(肉)'과 '맛있다'는 뜻의 '旨'가 합해진 것이다.

이 글자에는 비수(匕首)를 의미하는 '비(匕)'가 포함되어 있다. 비수는 주로 자객(刺客)들이 품속에 은밀히 품고 다니면서 상대를 해할 때 사용하는 날이 예리하고 짧은 칼이다. 장미에 가시가 있듯이 기름이나 맛있는 음식은 비수를 품고 있어 몸을 해칠 수도 있다. 손녀·손자가 귀엽다고 맛있고 기름진 음식을 자주 주는 것은 비만이 될 확률을 높이는 일이 된다.

비만의 형태는 성장기의 청소년과 성인이 다르다. 체세포가 왕성하게 형성되는 성장기에는 주로 지방세포의 수가 증가하여 비만이 되는 것이고, 성인은 지방세포의 크기가 커져서 비만이 되는 것이다. 따라서 성인의 비만보다 청소년의 비만이 더 위험하다. 늘어난 지방세포는 성인이 되어도 쉽게 감소하지 않고, 각 세포의 크기가 커진다면 비만이 될 확률은 더욱 커지기 때문이다.

인체의 에너지는 기초대사(基礎代謝)와 신체활동으로 소비되며, 신체활동보다는 기초대사로 소비되는 양이 더 많다. 기초대사량이란 체온 유지, 체세포 생성, 호흡, 심장 박동 등 생명을 유지하는 데 필요한 최소한의 에너지를 말한다. 쉽게 말하여 움직이지 않고 가만히 쉬고 있을 때의 에너지 소모량을 의미한다.

우리 몸의 세포는 끊임없이 생성과 소멸을 반복하며, 신체 구조의 유지를 위해서는 소멸하는 세포만큼 새로 생성되어야 한다. 신체가 성장하기 위해서는 소멸하는 양보다 새로 생성되는 양이 많아지거나 세포의 크기가 커져야 한다. 어린 시절에는 성장 속도가 빠르기 때문에 그만큼 공급되는 영양성분도 많아야 하며, 따라서 웬만큼 많이 먹어도 살이 잘 안 찐다.

그러나 노인은 체세포의 생성이 20대의 절반 수준이고, 호흡과 맥박도 느려져 기초대사량이 감소하며, 신체활동도 줄어들게 된다. 따라서 젊은 시절과 똑같이 먹으면 남는 에너지가 비축되어 비만이 된다. 나이가 들면서 살이 찌게 되고 특히 뱃살이 증가하게 되는 것을 '나잇살'이라고 한다. 나잇살을 방지하려면 식사의 양을 줄이는 소식(小食)과 함께 부지런히 몸을 움직이는 것이 필요하다.

26.
비빔밥 정신

　비빔밥은 우리나라 사람이라면 남녀노소를 불문하고 좋아하는 음식이며, 한식을 대표하는 음식으로 김치, 불고기, 갈비 등과 함께 외국인들에게도 호평받고 있다. 이런 이유로 비빔밥은 우리나라 항공기뿐만 아니라 외국 국적의 항공기에서도 기내식으로 제공되고 있다.

　비빔밥은 밥에다 나물, 고기, 고명, 양념 등을 넣어 섞어 먹는 음식으로서, 비빔밥에 들어가는 재료는 딱히 정해놓은 것이 없이 각 지방이나 계절에 따라 구할 수 있는 것을 이용한다. 비빔밥 중에는 전주비빔밥과 같이 향토 음식으로 발전하여 널리 이름이 알려진 것도 있고, 우리의 일상에서 평범하게 이용되는 것도 있다.

　아무리 영양상으로 우수한 식품이라도 한 가지만 장기적으로 섭취하면 부작용이 있게 마련이지만, 비빔밥은 우리 몸에 필요한 영양소가 골고루 함유되어 있어 그럴 염려가 없다. 만일 평생 한 가지 음식만 먹어야 한다면 나는 비빔밥을 선택할 것이다. 그리고 비빔밥에는 우리의 삶에 도움을 주는 교훈이 담겨있기도 하다.

우선 비빔밥에는 조화(調和)의 정신이 들어있다. 비빔밥에 들어가는 재료들은 그 원형을 그대로 유지하며, 서로 어울려 비빔밥 고유의 맛을 느끼게 한다. 이에 비하여 볶음밥에 들어가는 재료는 비빔밥에 사용된 것과 유사하나, 각각의 재료는 잘게 다져져서 원형을 알아보기 어렵고, 전체적으로 기름의 맛이 강하여 다른 재료 고유의 맛이 사라져버린다.

조화는 모든 것을 융합시켜 하나로 만드는 것이 아니라 각각의 특징은 그대로 살리면서도 서로 어우러져 균형을 이루는 것을 말한다. 무지개의 모든 색을 합하면 검은색이 되며, 무지개가 아름다운 것은 모든 색이 제 색깔을 유지하면서 조화를 이루고 있기 때문이다. 융합은 획일화를 의미하나 조화는 자율성을 존중한다.

조화란 상대방과 내가 다름을 인정하고 받아들일 때 가능한 것이다. 남녀의 구분뿐만 아니라 나와 다른 생각을 하고 있거나 나와 다르게 행동하는 사람을 이상하게 여기고 내 생각이나 행동에 맞추어주기를 원하면 조화를 이룰 수 없다. 이 세상은 서로 다른 사람들이 저마다의 개성을 지닌 채 살아가고 있는 것이다.

다음으로 비빔밥에는 포용(包容)의 정신이 있다. 비빔밥은 어떤 재료건 함께 넣고 혼합하면 되기 때문에 가리는 것이 없다. 평소에 좋아하지 않던 것이나 쓴맛이 나서 거부감이 있던 재료라도 비빔밥으로 섞어놓으면 별 부담감 없이 먹을 수 있게 된다.

포용은 국적, 인종, 종교, 장애, 빈부귀천 등을 가리지 않고 받아들이는 것이며, 약자를 보호하는 인류애(人類愛)의 정신이다. 일찍이 예수께서는 "원수를 사랑하라"라고 말씀하시며 용서를 강조하셨다. 포용은 조건을 따지지 않으며, 모든 것을 수용하는 태도다.

우리 사회에 대립과 갈등이 일어나는 것은 포용의 정신이 부족해서다. 포용의 정신은 역지사지(易地思之)의 마음으로 나 중심의 사고방식이나 행동양식을 상대방 중심으로 바꿀 때 가능한 것이다. 내가 잘난 만큼 상대방도 잘난 사람임을 인정하여야 한다.

마지막으로 비빔밥에는 절약(節約)의 정신이 있다. 제대로 차려진 비빔밥도 있으나 때로는 간단한 몇 가지 재료만 사용하여 간편하게 한 끼를 해결하기도 하며, 조금씩 남은 반찬을 처리하기 위해 비빔밥을 만들기도 한다. 이런 면에서 비빔밥은 환경친화적인 음식이라고 할 수도 있다.

인류는 오랜 기간 물자의 부족을 겪으면서 살아왔기 때문에 저절로 절약하는 습관이 들었으며, 낭비를 죄악으로 여겨왔다. 이런 전통은 조선 선비들의 청빈사상(淸貧思想)으로 이어졌으며, 나이 든 세대들은 자신도 모르게 몸에 배어버렸다. 그러나 물자가 풍족한 시기에 태어난 요즘 젊은 세대는 절약보다는 소비에 익숙한 것 같다. 절약이 지나쳐 구두쇠가 되는 것은 경계하여야 하지만 낭비하는 것도 좋게 보이지는 않는다.

27.
커피와 녹차

커피는 전 세계적으로 가장 많이 소비되고 있는 기호 음료다. 우리나라에서도 매일 아침 커피를 습관처럼 즐기는 사람들이 많이 있고, 손님이 방문하였을 때 주로 내놓는 음료가 바로 커피다. 전국 어디를 가나 커피를 파는 상점이 있으며, 커피가 없는 세상은 상상할 수 없을 정도로 일상화되어 있다.

나는 커피의 향은 좋아하는 편이지만, 평소에 즐겨 마시지는 않는다. 여럿이 함께 카페 등에 들어가게 되면 커피보다는 다른 음료를 찾게 되며, 어딘가 방문하여 음료를 마시게 되면 커피보다는 녹차를 부탁하게 된다. 나의 이런 취향을 아는 지인들은 말하지 않아도 커피가 아닌 음료를 내놓는다.

대학을 졸업하고 직장 생활을 하게 되면서 사람들과 어울리며 커피, 녹차 등의 음료를 마시게 되었다. 그러던 중 커피에 카페인이라는 성분이 있어 많이 마시면 건강에 해롭다는 이야기를 매스컴을 통하여 접하게 되면서 차츰 커피를 멀리하게 되었다.

그에 대한 대안으로 마시게 된 것이 녹차였다. 녹차에도 카페인 성분이 있으나 그 양이 커피에 비하면 매우 적고, 일본의 장수마을 사람들이 평소 녹차를 즐겨 마신다는 이야기를 접하게 되었기 때문이다. 녹차를 마시면 건강에 좋은 이유는 카테킨이라는 성분 때문이라고 한다.

나의 음료에 대한 기호를 결정하게 된 "커피는 나쁘고, 녹차는 좋다"라는 믿음은 과학적인 근거에 의해 형성된 것이 아니라 사소한 것을 크게 키우는 매스컴의 영향이 크다. 식품 중의 어떤 성분이 좋건 나쁘건 어떤 영향을 주려면 일정 수준 이상을 섭취하여야 하며, 일상적인 생활 속에서 섭취하는 수준이라면 카페인이 악영향을 주지도 못하고 카테킨이 이로움을 주지도 못 한다.

커피나 녹차는 인류가 오랜 기간 즐겨온 기호식품이며, 상식적인 수준의 섭취량이라면 여러 가지 복잡하게 생각할 것 없이 그냥 즐겁게 마시면 되는 것이다. 식품에 대해 알아가면서 이런 사실을 이성적으로는 인식하고 있으나, 이미 몸에 밴 습관은 쉽게 고칠 수 없어서 여전히 커피를 멀리하고 있다.

누군가가 내게 커피를 마시지 않는 이유를 물어보면 "커피를 마시면 소변이 자주 마렵기 때문"이라고 대답하곤 한다. 그러나 커피만큼 이뇨 작용이 큰 맥주를 거부감 없이 마시고 있어 이런 대답은 자기합리화를 위한 궁색한 변명에 불과하다는 것을 스스로 잘 알고 있다.

안다는 것과 실천하는 것은 별개의 문제다. 건강을 위해서는 몸을 자주 움직이고 꾸준히 운동하는 것이 좋다는 것은 잘 알고 있으나, 몸은 소파와 한 몸이 되어 떨어질 줄 모르고, 앉은 자세도 불편하여 자주 눕게 된다. 불필요한 갈등을 줄이기 위해 잔소리를 안 하는 것이 좋다는 것을 알면서도 입이 먼저 반응한다.

어떻게 보면 모순인 것 같으나 이것 또한 인간의 본성이다. 이 세상 모든 사람이 이성적으로만 판단하고 행동한다면 얼마나 삭막할까? 인간에게는 이성만 있는 것이 아니라 감성도 있어서 조화로운 세상이 가능한 것이다. 사람은 모두 이성과 감성을 지니고 있으며, 어느 능력이 더 큰지에 따라 성격이 다르게 된다.

요즘은 성격을 MBTI 테스트에 따라 구분하는 것이 유행이지만, 우리 세대에겐 문과형(文科形)이냐, 이과형(理科形)이냐로 구분하는 것에 익숙하다. 상대방이 어떤 유형의 성격을 가지고 있는가를 알고 있다면 대화에서 갈등의 요소가 많이 줄어

들게 된다. 이것이 오랜 친구와의 대화가 편한 이유 중의 하나
이다.

28.
한글 예찬

말은 입 밖으로 나오면 바로 사라져버리기 때문에 시간과 공간의 제약을 받을 수밖에 없다. 인류는 말의 이런 단점을 극복하기 위해서 문자를 발명하였다. 문자를 통해 기록을 할 수 있게 됨으로써 획득한 지식을 후대에 물려줄 수 있게 되어 문명이 발달할 수 있었다.

그러나 모든 민족이나 종족이 문자를 가지고 있던 것은 아니어서 대부분은 다른 민족이나 국가의 문자를 빌려서 사용하였고, 그마저도 하지 못하였던 종족은 경쟁에서 뒤처져 소멸하였거나 다른 집단에 흡수되어 역사에서 지워졌다. 현재 지구상에는 수천 개의 언어가 있으나, 사용되고 있는 문자의 수는 50여 종류에 불과하다고 한다.

지구상에 존재하는 문자 중에서 한글이 가장 우수하다는

것은 세계의 언어학자들이 공통으로 인정하고 있다. 한글은 세계에서 가장 합리적이고 과학적인 문자이며, 단순하여 익히기 쉬운 문자이다. 따라서 우리나라의 아이들은 대부분이 초등학교에 입학하기 전에 한글을 다 익힌다.

유네스코(UNESCO)에서는 한글이 문맹자 없는 세상을 만드는 데 가장 우수한 글자임을 인정하여 1990년부터 문맹퇴치에 공헌한 이들에게 '세종대왕 문맹퇴치상(King Sejong Literacy Prize)'을 수여하고 있으며, 1997년 10월에 훈민정음을 세계기록유산으로 등록하였다.

고대 문명이 발달한 지역에서는 모두 문자뿐만 아니라 고유의 숫자를 사용하였으며, 지금도 사용하고 있는 것도 있다. 그러나 현재 전 세계에서 보편적으로 사용하는 것은 아라비아 숫자이다. 이는 아라비아 숫자가 사용하기에 편리하기 때문이다. 아라비아 숫자가 없었다면 오늘날 수학이 이렇게 발전하지 못하였을 것이라고도 한다.

우리가 아라비아 숫자라고 부르는 '1', '2', '3' 등은 원래 인도에서 발생한 것이었다. 이것이 아라비아 상인을 통해 유럽에 소개되었기 때문에 아라비아 숫자로 알려지게 된 것이다. 아라비아 숫자의 편리성은 '0'이라는 개념이 포함되어 있기 때문이다. 인도인이 발견한 '0'이라는 숫자는 수학의 역사에서 획기적인 사건이었다. 이 '0'이 있어서 아무리 큰 숫자라도 간단하게 표기할 수 있게 된 것이다.

숫자에서 가장 위대한 발견이 '0'이라면, 표음문자(表音文字)에서 가상 위대한 발견은 '一'라고 할 수 있다. 한글은 여러 점에서 독창적이며 특이한 문자이지만, '一'가 있음으로써 자음과 모음을 확실히 구분할 수 있게 되었다. 영어의 경우에는 k(크), t(트), p(프) 등 자음 자체만으로도 발음할 수 있으며, 이는 그 안에 모음 '一'가 포함되어 있기 때문이다.

한글은 다른 문자에 비하여 모음이 많다는 특징이 있다. 로마자 알파벳 26자 중에서 모음은 A, E, I, O, U 등 5가지뿐이고, 'W'와 'Y'를 반모음으로 취급하기도 한다. 비교적 모음이 많은 일본어도 50음 중에서 모음으로 분류할 수 있는 것은 あ(아), い(이), う(우), え(에), お(오), や(야), ゆ(유), よ(요), わ(와), を(오) 등 10가지뿐이다.

이에 비하여 한글에는 기본적인 10가지 모음 외에도 이들이 결합하여 한 음절로 발음될 수 있는 모음으로 ㅐ, ㅒ, ㅖ, ㅔ, ㅘ, ㅙ, ㅚ, ㅝ, ㅞ, ㅟ, ㅢ 등이 있다. 기본모음에 속하는 ㅑ, ㅕ, ㅛ, ㅠ 등은 발음상으로는 이중모음에 해당하고, 복합모음의 형태를 띠고 있는 ㅐ, ㅔ, ㅚ, ㅟ 등은 단모음에 해당한다.

한글은 자음과 모음이 모두 단 하나의 음가(音價)를 나타낸다는 특징이 있다. 이에 비해 영어는 모음 'a'가 '에이〔ei〕', '아〔ɑ〕', '어〔ə〕', '애〔æ〕' 등 여러 가지로 발음이 되며, 자음 'g'도 〔ʤ〕, 〔g〕 등으로 발음되는 것처럼 하나의 자음이나 모음이 여러 음가를 갖기 때문에 발음기호를 보지 않고는 모르는 단어의 발음을 정확히 알 수가 없다.

한글은 자음과 모음을 분리하여 음소(音素) 단위로 나누었으면서도 그 운용에서는 음절(音節) 단위로 모아쓰도록 한 특징이 있다. 즉, 음소 단위로 'ㅎㅏㄴㄱㅡㄹ'이라고 표기하지 않고 음절 단위로 '한글'이라고 표기하게 되어 있다. 이는 음절의 구분을 확실히 하여 혼동을 없애준다.

한글은 하나의 글자(음절)가 하나의 음가를 갖기 때문에 컴퓨터 등에서 입력하는 데도 편리하고, 문자와 소리의 일치성이 다른 그 어떤 언어보다 높아서 음성 인식률이 매우 높다. 이런 특징은 IT 기술을 응용하는 데 아주 적합하며, 우리나라가 IT 강국이 되는 데에도 크게 이바지하였다.

세종대왕이 창제할 당시의 한글은 중국어나 일본어와 마찬가지로 띄어쓰기를 하지 않았으나, 영어의 영향을 받아 1933년 조선어학회가 한글맞춤법 통일안을 제정하면서 띄어쓰기를 도입하였다. 이로 인하여 한글은 또 한 번 이해하기 쉬운 문자로 변신할 수 있게 되었다.

띄어쓰기가 없는 한자는 "不可不可(불가불가)"라고 표기되어 있으면 "불가(不可)하다. 불가(不可)하다."라는 강력한 거부의 의미가 될 수도 있고, "불가불(不可不) 가(可)하다."라는 어쩔 수 없이 허락한다는 정반대의 의미도 될 수 있어 해석에 오해의 소지가 남게 된다.

마찬가지로 일본어도 "ももすもももものいっしゅだ。"와 같은 문장을 대하면 어디서 띄어 읽어야 할지 막막해진다. 만일 일본어에 띄어쓰기가 있다면 이 문장은 "もも(桃)もすもも(李)も もも(桃)の いっしゅ(一種)だ。"라고 표기될 것이며, "복숭아도 자두도 복숭아의 일종이다"라고 쉽게 해석될 것이다.

여담 삼아 덧붙이면, 복숭아와 자두는 모두 살구속(屬)에 속하므로 "복숭아의 일종이다"라는 것보다는 "살구(あんず, 杏子)의 일종이다"라고 하는 것이 맞는 표현이겠으나, 자두의 어원이 '보라색 복숭아'라는 뜻의 '자도(紫桃)'에서 나온 것이니 크게 틀린 표현이라고 볼 수는 없다.

만일 한글에 띄어쓰기가 없었다면 "오늘밤나무사왔다"라는 간단한 문장도 다음과 같이 여러 가지 뜻으로 해석될 수 있을 것이다.

오늘 밤나무(栗木) 사 왔다.

오늘밤 나 무(채소) 사 왔다.

오늘밤 나무(木) 사 왔다.

오늘밤 나무사(羅씨 성의 武士) 왔다.

물이나 공기처럼 평소에 특별한 의식 없이 혜택을 누리고 있는 것은 그 고마움을 느끼지 못한다. 우리는 아주 어린 시절부터 한글을 사용하며 자랐기 때문에 한글의 고마움을 모르고 당연한 것으로 여긴다. 그러나 물이나 공기도 마구 사용하면 고갈되고, 공해 문제를 일으키는 것처럼 한글 역시 가꾸고 보존하여야 한다.

처음의 훈민정음에는 지금은 사용하고 있지 않은 아래아(ㆍ), 반치음(ㅿ), 옛이응(ㆁ), 여린히읗(ㆆ) 등의 네 글자가 있었다. 이들을 계속 보존하였더라면 현재의 한글만으로는 표현하기 어려운 외국어를 좀 더 원음에 가깝게 표현할 수 있었을 것이라는 의견도 많이 있다.

이미 없어진 것을 다시 복원하기는 어려운 일이며, 기존에 있는 것이라도 잘 다듬고 보살피는 것이 우리가 지켜야 할 의무라고 하겠다. 그런데 요즘 청소년 사이에서 유행하고 있고, TV 예능 프로의 자막에도 자주 나오는 'Aㅏ(아)', 'thㅏ(싸)'

등의 표기를 보면 어쩐지 씁쓸한 기분이 든다.

29.
우리말 속의 사대주의

    우리나라의 '표준어규정'에서는 표준어를 "교양 있는 사람들이 두루 쓰는 현대 서울말"이라고 정의하고 있다. 교양 있는 사람들이 사용하지 않는 말은 '비속어(卑俗語)'이며, 현대에서 사용하지 않는 말은 '고어(古語)'이고, 서울말이 아니면 '사투리(方言)'이다.

    이처럼 표준어의 3대 조건에는 '현대'라는 시간 개념이 들어 있다. 어느 민족의 언어나 세월의 흐름에 따라 변천을 겪게 된다. 그리고 시간이 지나면서 원래의 뜻이나 용도가 변하기도 하여, 현재를 사는 사람들에게는 그 말의 유래를 알기 어려운 경우도 있다.

    우리나라의 경우 강대국인 중국과 국경을 맞대고 수천 년을 지내왔으며, 훈민정음이 창제되기 전까지 한자를 사용하였기 때문에 중국과 유교의 영향에서 자유로울 수 없었다. 이는 언어에도 반영되어 중국을 우러러보는 사대주의(事大主義)의 흔적이 많이 남아있다.

사대주의로 인해 같은 사물을 지칭하는 것이라도 중국의 문자인 한자로 표현된 것이 우리의 문자인 한글로 표현된 것보다 존칭의 의미로 사용되기도 한다. 예를 들어 사전을 찾으면 한자인 '탕(湯)'이 우리말인 '국'의 높임말로 나오고, 한자인 '댁(宅)'이 '집'의 높임말로 나온다.

높임말까지는 아니어도 우리말보다는 한자를 사용하는 것이 더 점잖은 것으로 여겨진다. 예를 들어 '이'보다는 '치아(齒牙)'가 더 교양 있는 표현으로 보인다. 이는 한자는 주로 학문을 익혀 벼슬길로 나가는 선비들이 사용하던 문자였고, 우리말은 주로 여성이나 일반 백성이 사용하였기 때문에 그런 구분이 생겼다.

유교에 기반을 둔 남존여비(男尊女卑) 사상에 사대주의가 혼합되어 나타난 호칭에 '언니'와 '형(兄)'이 있다. 원래 우리말의 언니는 남녀 구분 없이 손위 형제를 부르던 호칭이었으나, 현재는 여자 형제 사이에서 나이가 많은 사람을 부르는 호칭으로 변하였다. 남자의 경우에는 형이라고 부르는데, 이는 여자보다 존귀한 남자는 큰 나라인 중국의 호칭을 사용하여야 격이 맞는다고 여겨서 나타난 현상이다.

여성 사이에도 '형님'이라고 부르는 경우가 있는데, 같은 집안으로 결혼한 동서(同壻) 관계일 때 사용한다. 이와 같은 예외가 생긴 것은 각자의 남편인 남자 형제의 영향을 받은 것이다. 같이 결혼하였는데 남자의 집은 '시댁(媤宅)'이라 하여 높이고, 여자의 집은 '처갓집'이라 하여 낮춰 부르는 것도 비슷한 맥락이다.

일제강점기에서 해방된 이후에 우리말 속의 일본말을 배척하려는 움직임이 있었고, 지금도 일본식 표현은 거부하려는 경향이 있다. 그런데 우리말 속에 남아있는 사대주의의 잔재인 중국어를 청산하려는 움직임은 별로 없다. 때로는 한자를 사용하여야만 뜻을 확실히 구분할 수 있다며 옹호하기까지도 한다.

우리말의 단어는 유래에 따라 고유어, 한자어, 외래어로 구분된다. 한자어는 엄밀하게 따진다면 외래어의 일종이라고 할 수 있지만, 오랜 시간에 걸쳐 우리말 어휘의 큰 부분이 되어버렸기 때문에 외래어라고 하지 않고 '한자어(漢字語)'라고 따로 분류한다.

이처럼 우리말 속에 깊이 스며들어 한자어를 배제하고는 제대로 의사 표현도 할 수 없고, 의사소통도 되지 않는다. 한자를 배우지 않은 요즘 젊은이들이 '패(覇)'와 '패(敗)'를 구분 못하여 '3연패(3連霸)'와 '3연패(3連敗)'를 혼동하는 것을 보면 한자를 교육할 필요성도 있다. 그러나 같은 뜻의 좋은 우리말이 있는데도 불구하고 굳이 한자를 사용하는 것에는 동의하기 어렵다.

"아는 것이 힘이다"라는 말처럼 지식이나 정보를 쥐고 있는 사람이 우월한 지위를 누릴 수 있는 것이 일반적이다. 한문을 공부하여 지식을 독차지하고 있었던 조선의 선비들이 훈민정음을 반대하였던 것도 자신들의 지위가 흔들릴까 우려하였던 이유도 있었을 것이다.

때로는 자신이 유식함을 자랑하고 싶어서 한자를 사용하기도 하였을 것이다. 이처럼 중국어에서 유래된 한자어들은 다양한 사연으로 우리말 속에 녹아있다. 요즘은 여기에 더하여 영어를 비롯한 외국어식의 표현이나 단어가 남용되고 있는 현실이다. 좋은 우리말이 있는데도 굳이 영어나 불어 등을 사용하는 것은 또 다른 사대주의로 보인다.

30.
한글날과 우리말 사랑

일상에서 습관적으로 사용되고 있는 외국어는 일일이 그 예를 열거하기도 힘들 정도다. 요즘 청소년들에게 많은 인기를 받는 가수나 그룹의 이름은 대부분 외국어이며, 이들이 부르는 노랫말도 영어투성이다. 청소년들이 만들어내는 신조어는 따라가기 힘들어 그들의 대화를 이해할 수가 없다.

거리에서 마주치게 되는 간판에는 우리말보다 외국어가 더 많으며, 뜻을 짐작하기 어려운 외국어와 우리말의 조합도 흔히 볼 수 있다. 회사의 이름에도 우리말보다는 외국어나 영어 약자가 더 많다. 2,000여 상장사 중에서 순한글 이름을 쓰는 기업은 오뚜기, 빙그레, 한샘, 깨끗한나라 등 4개 사밖에 없다.

이처럼 외국어가 사회 전반에 퍼진 이유는 외국어가 더 멋있고 신선하다고 느끼는 사람들이 많기 때문이다. 가게나 회사에서는 이런 외국어 선호 분위기에 맞추어 이름을 짓게 되는 것이다. 우리말 사용을 계몽하여야 할 정부나 지방자치단체에서 오히려 외국어 사용을 부추긴 면도 있다.

정부의 공식 행정문서를 보면 '축제'를 '페스티벌'로 표기하고, '창업'을 '스타트업'으로 표기하며, '대책본부' 혹은 '전문위원회'를 '태스크포스'나 'TF'로 표기한다. 수십 년 동안 잘 써 오던 '동사무소'란 명칭은 '주민센터'로 바뀌었고, 한국농수산식품유통공사, 한국철도공사, 한국수자원공사 등 공기업의 이름도 aT, KORAIL, K-Water 등으로 변경되어 마치 외국계 기업의 이름 같다.

신문이나 TV 등 매스컴도 외국어 전파에 앞장섰다. 방송 프로그램 이름에서도 '패밀리', '키즈', '모닝' 등 영어를 찾아보는 것이 어렵지 않고, 연예인이나 방송인들도 외국어를 남발한다. 그런데 국립국어원이 성인남녀 5,000명을 대상으로 2020년에 조사한 결과를 보면 응답자의 89%는 신문·방송에서 나오는 말의 의미를 몰라서 곤란했던 경험이 있다고 답변했다고 한다.

언어의 가장 중요한 기능은 의사소통이며, 서로가 하는 말을 이해할 수 없다면 이는 언어로서의 자격이 없다. 우리말 사용의 문제점에 대한 어떤 조사에 의하면 1위가 '무분별한 외국어 사용'이며, 2위가 '비속어 사용'이고, 3위가 '올바른 맞춤법 미사용'이었다고 한다.

언어에는 각 민족의 정서가 녹아있어 사용하는 언어는 그 사람의 정체성과도 관련이 있다. 비록 한국 국적의 사람이라도 미국에서 어린 시절부터 자랐기 때문에 영어가 더 자연스럽고, 미국문화에 익숙하다면 그 사람은 한국인이라고 볼 수 없다.

각 민족의 언어에는 다른 언어로는 표현하거나 번역하기 어려운 경우도 있다. 예로서 우리말의 '고소하다'는 외국어에는 적당한 번역 단어가 없다. 또한 은유법이나 중의법이 자주 쓰이는 문학작품의 경우에는 해당 언어가 아니면 제대로 전달하기 어렵다. 예로서 황진이(黃眞伊)의 아래 시조는 외국어로 번역하여서는 그 묘미를 살릴 수 없다.

청산리 벽계수야 수이감을 자랑마라
일도 창해하면 다시 오기 어려워라
명월이 만공산 하니 쉬어간들 어떠리

이 시조는 이중적 의미를 잘 살린 작품으로 유명하다. 표면적으로는 푸른 숲속의 시냇물을 의인화하여 "빠르게 바다에 도달하면 되돌아오기 어려우니 달빛도 밝은데 천천히 가려무나"
라고 자연풍광을 읊은 것으로 보이지만, 내면적으로는 "청춘
은 빨리 지나가고 인생은 덧없으니 즐기면서 살아가라"라고 하
는 은유적 표현이 포함되어 있다.

그러나 이 시조를 더 잘 감상하려면 이 시조를 지은 배경과
'벽계수'와 '명월'이란 단어의 중의법을 이해하여야 한다. 이 시
조에서 '벽계수'는 '물빛이 매우 푸르게 보이는 시냇물(碧溪水)'
을 뜻하기도 하고, 세종의 서자(庶子) 영해군의 손자인 이종숙
(李終叔)을 가리키기도 한다. '명월(明月)'은 '밝은 달'을 의미하
기도 하고, 황진이의 자(字)이기도 하다.

이종숙의 호(號)는 '벽계(碧溪)'이고, 종4품 관직인 '수(守)'를
지냈기 때문에 '벽계수(碧溪守)'라고도 불렸다. 그는 거문고를
잘 타고 풍류를 즐겼으며, 평소에 스스로 지조가 굳어 여인의
유혹에 걸리지 않는다고 장담하였다고 한다. 이 말을 들은 황
진이가 기회를 만들어 그를 유혹하기 위해 지은 것이 앞의 시
조다. 즉, "유명한 기생인 내가 여기 있으니 놀다 가면 어떻겠
느냐?"라는 속뜻이 숨어있는 것이다.

우리말을 외국어로 번역하기 어려운 것처럼 외국어를 우리
말로 번역하기도 쉬운 일이 아니다. 널리 알려진 헤밍웨이의
유명한 소설 「누구를 위하여 종은 울리나」의 제목은 제대로 된

번역이 아니다. 책의 제목은 그 책의 내용을 함축적으로 표현하고 있는 법인데, 이 제목을 보고는 책의 내용을 전혀 짐작할수가 없다.

이 책은 스페인 내전을 바탕으로 하고 있다. 주인공인 로버트 조던은 미국인 대학교수이며, 자신의 신념에 따라 조국도아닌 스페인의 내전에 참여하게 된다. 이 책은 개인과 인류와의 관계, 전쟁이 파괴하는 인간성, 전쟁의 무의미함 등이 중요하게 다뤄지는 반전소설(反戰小說)이다. 그런데 우리말 제목은왠지 낭만적이고 평화로운 분위기가 연상되어 소설의 내용과는 어울리지 않는다.

이 책의 원제목은 「For Whom the Bell Tolls」이며, 우리말 제목의 오류는 'toll'이란 단어의 의미를 제대로 살리지못하고 단순히 '울리나'라고 번역하였기 때문에 발생하였다. 'toll' 역시 종을 울리는 소리이긴 하나 일반적으로 많이 사용하는 'ring'과는 그 뜻이 다르다.

'toll'은 누군가의 죽음이나 장례식을 알릴 때 울리는 것으로 '종소리가 천천히 일정하게 나도록 울리는 조종(弔鐘)'을 의미한다. 따라서 소설의 내용과 어울리며, 원제목의 의미를 생각하면 '누구의 죽음을 알리는 종소리인가' 정도의 번역이 타당하다. 의역하면 '무엇을 위한 죽음인가'라고 표현할 수도 있을 것이다.

이처럼 각 언어에는 고유의 함축된 의미를 품고 있는 경우가 많아 새로 들어온 외국어를 바로 적절한 우리말로 대체하는 것은 쉬운 일이 아니다. 이런 이유로 '컴퓨터', '디지털', '온라인' 등은 우리말로 바꿀 틈도 없이 순식간에 퍼져 사용되었고, 이제는 외래어로 굳어졌다.

국제적인 교류가 활발해짐에 따라 수많은 외국어가 우리나라에 도입되었으며, 그중에서도 특히 전문용어 중에는 번역이 어려운 경우도 있고, 우리말에 적당한 단어가 없는 경우도 있다. 무리하게 우리말로 고치려고 하면 어색한 표현이 되어 일반인에게 호응받지 못하고 도태된다.

북한의 경우는 우리보다 외국어를 순우리말로 바꾸어 사용하려는 노력을 하고 있다. 그중에는 '젤리'를 '단묵'이라고 하고, '스타킹'을 '하루살이 양말'이라고 하며, '나이프'는 '밥상칼'이라고 하고, '캐러멜'은 '기름사탕'이라고 하는 등 어색한 표현도 있지만, '노크'를 '손기척'이라고 하고, '리본'을 '댕기'라고 하며, '아이스크림'을 '얼음보숭이'라고 하는 등은 재치가 있어 보인다.

외국어는 단어의 유래나 관련되는 단어를 모르면 이해하기 어려우므로 우리도 가능하다면 쉬운 우리말로 고쳐서 사용하는 것이 좋다. 예를 들어, '팝업창'은 '알림창'으로 하고, '리플'은 '댓글'이라 하며, '도어스테핑'은 '출근길 문답'이라고 하고, '부스터샷'은 '추가 접종'이라고 하는 것이 이해하기 쉽다.

새로운 우리말을 만들더라도 쉽게 이해되지 않는다면 차라리 외국어를 그대로 사용하는 것이 낫다. 자주 사용하다 보면 외국어가 아닌 외래어가 되어 우리말의 어휘를 늘리는 것이 된다. 우리가 자주 사용하는 어휘 중에는 한자어(漢字語)가 많이 쉬여 있으며, 이들도 원래는 중국의 한자에서 유래된 것이다.

새로운 우리말을 만드는 대신 비슷한 뜻을 가진 우리말의 의미를 확장하여 사용할 수도 있으며, 북한에서 '리본'을 '댕기'라고 부르는 것이 좋은 예이다. 경계하여야 할 것은 적당한 우리말이 있는데도 불구하고 외국어를 남용하는 것이다. 예로서 '음식'이나 '먹거리' 대신에 '푸드(food)'라는 단어가 더 많이 사용되고, '돌봄'이라고 하여도 되는 것을 '케어(care)'라고 하는 경향이 있다.

때로는 어색함이나 쑥스러움을 감추기 위해서 외국어를 사용하기도 한다. 아내, 부인, 집사람 등의 우리말이 있는데도 '와이프(wife)'를 사용하고, 사랑한다는 말 대신에 '아이 러브 유(I love you)'라고 하며, 사과할 때도 '쏘리(Sorry)'라고 하고, 감사의 표시도 '땡큐(Thank you)'라고 한다.

그러나 외국어를 주로 사용하다 보면 우리말 자체가 사라질 수도 있다. 대표적인 예로 '내일(來日)'을 의미하는 '올제', '백(百)'을 의미하는 '온', '천(千)'을 의미하는 '즈믄' 등은 한자어에 밀려 지금은 사용되고 있지 않다. 지금처럼 외국어가 남용되는 것을 이대로 방치하면 언젠가는 순수한 우리말이 사라질 수도 있다.

외국어로 대체되어가는 우리말을 지키는 것 못지않게 잊혀가는 아름다운 우리말을 되살리려는 노력도 필요하다. 나는 40세가 넘은 나이에 처음 알게 된 '시나브로'라는 단어를 좋아한다. 이는 '모르는 사이에 조금씩'이라는 뜻을 지닌 부사로서 '점차'나 '차차로'와 유사한 말이다.

평소에는 무관심하다가도 한글날이 다가오면 우리말에 대해 생각해 보고, 신문과 방송에서도 이와 관련된 기사나 프로그램을 작성하곤 한다. 매년 무분별한 외국어 사용이나 비속어 및 은어의 남용에 대한 우려를 표하고, 파괴되어 가는 우리말의 현실에 대한 각성이 필요하다고 지적하지만 전혀 개선되지 않고 있다. 우리말을 사랑하고 가꾸려는 노력은 한글날에만 잠깐 하여서는 안 된다.

31.
한국인의 정체성

한국인(韓國人)이란 좁게는 대한민국 국적을 가지고 있는 사람을 말하며, 넓게는 한국계 혈통의 재외동포를 포함한다. 그리고 한민족(韓民族)이란 모국어로 한국어를 사용하고, 한반도를 중심으로 공동의 문화권을 형성하고 있는 민족을 말한다. 한국인은 대부분 한민족이기 때문에 두 단어는 유사한 의미로 사용된다.

우리는 흔히 단일민족임을 내세우나 사실을 파헤치면 그렇게 장담할 수만은 없다. 한자어(漢字語)가 우리말의 일부가 되어버린 것처럼 오랜 역사 속에서 중국의 한족(漢族), 원(元)나라의 몽골족, 청(淸)나라의 여진족(만주족) 등의 유전자가 섞였으며, 최근에는 일제강점기와 6·25전쟁 등을 겪으며 일본인, 미국인 등의 피도 많이 섞이게 되었다.

또한 외국 출신의 귀화인도 한국 국적을 갖고는 있으나

한민족이라고 부르기엔 다소 어색하다. 경제협력개발기구(OECD)에 따르면 총인구 대비 외국인 비율이 5%가 넘으면 다문화·다인종 국가로 분류된다. 현재의 추세라면 2024년에는 귀화 한국인의 비율이 5%를 넘을 것으로 추정되어, 더 이상 단일민족 국가라고 부를 수 없게 될 것이다.

그럼에도 불구하고 한국인은 다른 국가들과 비교해 상대적으로 단일혈통을 유지하고 있는 민족이고, 한반도에 유입된 이민족들도 한민족에 동화되어 한국인의 정체성을 유지하고 있다. 한국인은 유전적으로 만주족과 가장 가까우며, 그다음으로 일본인, 중국인 순이다.

한국인의 민족의식은 신라가 삼국을 통일하면서 한반도에 거주하는 사람들을 하나의 공동체로 결집한 것이 계기가 되었다. 그 후 고려, 조선, 일제강점기를 거치면서 한민족이라는 의식이 견고히 형성되었다. 한민족이라는 의식 속에는 혈통적인 면뿐만 아니라 정서적인 동질감도 크게 한몫하고 있으며, 대표적인 한민족의 정서로는 '정(情)', '한(恨)', '흥(興)', '우리' 등을 꼽을 수 있다.

정(情)은 인정(人情)이라고도 하며, 가장 한국적인 정서이다. 한국인이라면 누구나 쉽게 이해할 수 있는 감정이지만, 그것이 무엇인지는 쉽게 정의할 수 없다. 그 이유는 정이란 다양한 내용을 포함하고 있는 개념이기 때문이다. 정에는 애정, 연민, 동정, 애착, 유대 등의 감정들이 포함되어 있다.

정은 한국인의 인간관계에서 가장 중요한 윤리적 덕목이며, 사람을 사람답게 하는 인간성과 사회성을 함축하고 있다. 따라서 '인정머리 없는 놈'이라고 하면 '사람 같지 않은 놈'이란 의미가 된다. 정은 큰 틀에서는 사랑의 한 종류라고 볼 수 있으며, 상대방에게 무언가 해 주고 싶은 마음이 우선하는 친밀하고 따뜻한 감정이고, 대가를 기대하지 않는 이타적이고 주관적인 감정이다.

한(恨)은 가장 한국적인 슬픔의 정서이며, 이루지 못한 것에 대한 아쉬움이나 좋아하는 사람을 만나지 못하는 그리움 등을 포함하고 있는 감정이다. 한은 가장 소중한 것을 절대로 회복될 수 없을 정도로 손실하였거나 부당한 대우에도 항거할 수 없는 경험에서 나오는 감정이다.

한은 역사적으로 권력에서 소외되고 경제적으로 가난한 하층계급이거나, 유교적 질서 아래에서 인종(忍從)의 미덕을 강요당한 여인들을 중심으로 형성된 감정이다. 주로 혼자서 감내하고 참기 때문에 마음의 상처가 화병(火病)이라는 신체적 질병으로 나타나기도 한다.

한은 원한(怨恨)과는 구분되는 감정이다. 원한은 억울하고 응어리진 마음이며, 저주와 복수를 다짐하는 폭력적인 감정이다. 그러나 한에는 복수에 대한 감정이 없다. 우리 민족은 체념으로 끝나는 무력감에 빠지지 않고 민요, 판소리, 탈춤 등의 예술을 통하거나 때로는 종교를 통하여 한을 해소하였다.

흥(興)은 한(恨)과는 대조되는 감정이며, 한의 정서가 슬픔과 억눌림에서 비롯한 데 비하여 흥이란 마음이 들뜬 신나고 기쁜 상태를 말한다. 흥은 즐거움이나 재미라는 단어만으로는 설명할 수 없는 그 이상의 감정이며, 주로 열정적인 노래와 춤의 형태로 발현된다.

우리 민족은 예로부터 흥이 많아 춤과 노래를 즐겼으며, 이는 부여(夫餘)의 영고(迎鼓), 고구려(高句麗)의 동맹(東盟), 동예(東濊)의 무천(舞天) 등과 같이 상고시대의 제천의식(祭天儀式)에서 비롯되었다. 이처럼 뿌리 깊은 한민족의 흥은 우리의 문화가 되었으며, 이런 흥 문화가 반영된 것이 노래방, K-Pop, 비보잉(B-Boying) 등이다.

한민족은 다른 민족에 비하여 '우리'라는 공동체 의식이 강하여 개인의 독자성보다는 집단에 소속되는 것을 중요하게 여긴다. 특유의 공동체 의식은 국가적 사건을 대처하는 데 엄청난 결집력을 보여주기도 하지만 때로는 혈연, 지연, 학연 등 부정적인 집단주의를 나타내기도 한다.

한국인은 언어에서도 '우리'라는 말을 자주 사용한다. 심지어 자신의 부인을 칭할 때도 '우리 아내'라고 하며, 독자(獨子)도 자신의 부모를 칭할 때 '우리 부모님'이라고 한다. '우리'라는 용어를 사용함으로써 무의식적으로 집단의 연대감을 표현하고 있는 것이다.

영어의 경우에는 문장 중에 주어가 반드시 존재하지만, 한국어에는 주어를 생략한 문장도 가능하다. 때로는 '거시기'와 같이 대상을 특정하지 않은 애매한 단어를 사용하여도 이해할 수 있으며, 이는 서로의 연대감이 공고하여 말하는 사람이 느끼는 바를 듣는 사람이 공감하기 때문에 가능한 일이다.

'우리'는 나보다 집단이나 상대방을 배려하는 마음이며, 이런 특징은 대화의 부정의문문에서도 잘 나타난다. 예로써, "너 오늘 점심 안 먹었어?"라고 물으면 우리는 "아니, 먹었어"와 같이 대답한다. 여기서 '아니'는 상대방의 부정에 대한 부정으로 긍정을 의미하며, 그래서 '먹었어'가 뒤따른다.

그런데 이 대화를 영어로 한다면, "Didn't you have lunch today?" 및 "Yes, I had lunch."가 될 것이다. 여기서 주목할 것은 'Yes'라는 대답이다. 서양인은 공동체보다는 개인을 우선시하기 때문에 상대방의 질문 내용과는 상관없이 나를 기준으로 판단하여 긍정을 의미하는 'Yes'를 사용한다.

언어는 그 사람의 정체성을 대변한다. 머릿속으로 혼자 생각하거나 꿈을 꿀 때 사용하며, 다급한 순간에 무의식적으로 튀어나오는 언어가 그 사람의 모국어이고, 그의 정체성이다. 한국인이란 한국어를 모국어로 사용하며, 한민족 고유의 정서를 공유하고 있는 사람들이라 하겠다.

민족의 동질성은 DNA보다도 정서적으로 동질성을 느끼는지 여부가 더 중요하다. 쉬운 예로, 외국팀과 한국팀이 운동경기를 할 때 어느 팀을 응원하게 되는가가 판단의 기준이 될 수 있다. 출생국가와의 경기에서도 한국을 응원한다면 그가 비록 귀화인이어서 유전적으로 가깝지 않더라도 한국인이며, 한민족으로 보아야 한다.

이에 비하여 혈통은 한민족이지만 재외동포 중에서 중국의 조선족, 옛 소련 지역으로 이주한 고려인(高麗人), 일본 국적을 가지고 있는 한국계 일본인, 미국 국적을 가지고 있는 한국계 미국인 등은 그들 스스로 한국인이라는 인식이 없으며, 정서적·문화적으로도 한민족으로 여기기 어렵다.

32.
붉은악마

　요즘은 국경일에도 태극기를 다는 집이 별로 없다. 내가 사는 아파트의 경우에도 맞은편을 바라보면 수십 세대 중에서 태극기를 단 집은 2~3개에 불과하다. 어린 시절 '국기에 대한 맹세'를 하며 자랐고, 국기가 게양되면 길을 가다가도 멈추어서서 국기에 경례를 하던 것에 비하면 많이 달라진 모습이다.

　애국심이란 자신이 속한 국가를 사랑하는 것을 말하며, 사랑에 기반하여 국가에 충성하고, 헌신하려는 의식이나 신념을 말한다. 나라를 잃은 일제강점기에는 일부를 제외하고 모든 국민에게 애국심이 생기는 것은 당연하였고, 해방 이후에도 한동안 국민 정서의 바탕에 깔려있었다.

　그러나 일제강점기를 겪은 사람들이 거의 돌아가시고, 새로운 세상에서 태어난 젊은 세대에게는 이전과 같은 애국심은 없다. 일본에 의해 억압받았던 기억이 없는 요즘의 젊은이들은 "일제강점기는 과거의 일이며, 구세대들이 알아서 할 문제이지 우리와는 무관하다"라는 식으로 생각하기도 한다.

애국심에 대한 인식에도 변화가 있다. 기성세대는 대부분 국익을 위해 나의 이익을 희생할 수 있다고 생각하지만, 젊은 세대는 소수만이 그렇게 생각한다. 기성세대는 경제위기, 전염병 등 우리나라가 재난 상황이나 위기에 처했을 때 애국심을 발휘하며, 젊은 세대는 K-Pop, 게임 등 한국의 대중문화가 해외의 인정을 받을 때나 우리 선수가 해외에서 좋은 성적을 낼 때 애국심을 느낀다.

젊은 세대의 애국심이 기성세대와 달라진 이유는 그들은 국가나 공동체를 위한 희생보다는 개인에 초점을 맞춰 교육받으며 자랐기 때문이다. 따라서 개인의 희생을 강요하는 가치관에는 반감이 있을 수밖에 없다. 그리고 이들은 우리나라에 대한 자부심을 가진 점에서도 기성세대와는 다르다.

젊은 세대는 우리나라에 대한 자부심이 애국심으로 발현된다. 이들의 자부심이 높아진 이유는 대한민국을 선진국이라고 인식하고 있기 때문이다. 이들은 일본을 마냥 동경해야 할 선진국이라거나 강대국으로 느끼지 않는다. 이들이 특히 만족하고 있는 분야는 IT 인프라 및 보건 의료 제도이다.

일제강점기를 직·간접적으로 겪었던 기성세대의 반일 감정은 열등감과 관련이 있다. 그러나 진정한 애국심은 다른 나라를 배척하고 자신의 나라만이 잘되어야 한다는 이기적 민족주의와 다르다. 이런 의미에서 우리의 반일 감정이나 중국의 중화사상(中華思想)은 모두 잘못된 것이다.

우리의 반일 감정은 정치인들에 의해 조장된 면도 있다. 독도 영유권 다툼, 강제징용 배상 문제나 위안부 배상 문제 등이 논란이 돼 반일 감정이 격해질 때마다 지지층을 결속시키기 위해 반일 감정을 부추기곤 하였다. 정치인들은 말로는 국가와 국민을 위한다고 하면서 실제로는 자신들의 실속만 챙기는 경우가 많다.

일본제품 불매운동도 순수한 애국심과는 거리가 멀다. 일본제품 불매운동이나 국산품 애용 운동은 소위 '애국 마케팅'이라 불리는 애국심에 호소한 판매 전략에 불과한 경우도 있다. 때로는 재벌기업에 대한 반발이 반일 감정에 숨어서 일본과 연관성이 있는 일부 대기업을 공격하는 수단이 되기도 한다.

그러나 애국심이란 나라를 사랑하고, 조국에 대한 자긍심에서 자발적으로 우러나는 것이지 누가 시켜서 되는 것이 아니다. 최근의 우리나라 역사에서 2002년의 월드컵만큼 모든 국민을 하나로 뭉치게 하였고, 대한민국을 자랑스럽게 여기게 하였던 사건은 없었다.

2002년 당시 국민 모두 붉은색의 티셔츠를 입고 붉은악마가 되어 "대~한민국"을 외쳤으며, 열성적으로 한국팀을 응원하였다. 원래 '붉은악마'라는 명칭은 1983년 멕시코 세계 청소년축구대회에서 상·하의 붉은 유니폼을 입고 4강에 올라 세계를 놀라게 했던 우리 청소년 대표팀을 현지 언론에서 '붉은악령(Red Furies)'이라고 부른 데서 유래한다.

그 후 우리나라 축구 국가대표팀을 응원하기 위해 축구 팬들이 1995년에 결성한 대규모의 동호회 모임에서 이를 차용하여 1997년부터 모임의 명칭을 '붉은악마'로 바꾸었다. 2002년 월드컵 이후에는 회원이 아니어도 누구나 붉은색의 티셔츠만 입으면 붉은악마가 되어 한 마음으로 축구 대표팀을 응원하게 되었다.

붉은악마가 정열적이고, 자부심에서 비롯된 애국심이라면 1997년의 외환위기를 맞이하여 IMF에서 차관으로 받은 돈을 갚기 위해 벌인 '금 모으기 운동'은 국가 재난 상황을 극복하기 위한 애국심이었다. 그러나 붉은악마는 축구라는 운동경기에 한정되었고, 금 모으기는 단발성의 일시적 행사에 그쳤다.

이에 비하여 반크(VANK, Voluntary Agency Network of Korea)의 활동은 화려한 조명은 없을지라도 꾸준하고 진정한 애국심의 발현이다. 반크는 1999년 외국에 대해 한국의 이미지를 바르게 홍보하기 위한 목적으로 전국 각지의 네티즌들이 모여서 만든 비정부 민간단체이다.

반크는 전 세계 교과서와 웹사이트를 대상으로 우리나라에 대해 잘못 알려진 내용을 바로잡고, 올바른 한국 홍보 자료를 제작해서 전 세계에 배포하는 활동을 하고 있다. 그중에서도 동해와 독도의 국제 표기를 수정하려는 활동이 가장 잘 알려져 있다. 일제강점기에 독립투사들은 총을 들고 조국을 위해 싸웠다면 반크는 인터넷을 통한 사이버 외교사절단의 역할을 하고 있는 것이다.

33.
마음속 고향

　추석이나 설날과 같은 명절이 되면 고향을 찾아 내려가는 차들로 인하여 도로는 주차장이 되고, 휴게소마다 귀성객들로 북새통을 이룬다. 귀향길이 이처럼 험하고 오랜 시간이 걸리는 것을 알면서도 모두 기쁜 마음으로 길을 나선다. 명절이 아니어도 고향으로 가는 길은 즐겁다.

　고향은 어머님의 품처럼 아늑하고 따뜻한 곳이며, 아련한 그리움과 추억이 담긴 곳이고, 부모님을 비롯한 친척들과 어린 시절의 친구들이 있는 곳이다. 고향은 객지 생활에서 쌓인 피곤함이 눈 녹듯이 사라지게 하는 포근한 곳이어서 고향을 떠난 사람들은 고향을 그리워하며 찾아가게 되는 것이다.

　과거 농경시대에는 대부분의 사람이 선조들이 살아온 땅에서 태어나고 성장하였기 때문에 고향이라고 하면 '태어나서 자란 곳'이나 '조상 대대로 살아온 곳'을 생각하게 된다. 그러나 산업화와 더불어 주거 이동이 잦아진 현대에는 전통적 의미의 고향을 가지고 있는 사람이 흔하지 않다.

우선 집에서 출산하던 것이 당연하였던 과거와는 달리 병원에서 출산하는 것이 일반화된 요즘은 태어난 병원이 있던 곳과 생활을 한 집이 있던 곳이 다른 경우가 많이 있다. 또한 부모가 선조들의 땅에서 다른 곳으로 이주하여 삶의 터전을 잡았기 때문에 조상들이 살아온 지역과 아무런 연관이 없어진 경우도 있다.

자란 곳이란 주로 어린 시절을 보낸 곳으로 그 당시의 기억이 남아있는 지역을 의미한다. 고향이 그리운 것은 부모님이나 친구들뿐만 아니라 어린 시절에 놀던 동산이나 개천 등의 추억이 있기 때문이기도 하다. 그런데 그 지역이 아파트단지나 산업공단 등으로 변하여 버렸다면 고향으로서의 의미가 없어진다.

나의 경우에도 고등학교 교사이셨던 아버님께서 일찍 고향을 떠나 객지 생활을 하셨기 때문에 부모님께서 성장하셨고 선조들이 사셨던 곳은 나와는 아무 관련이 없는 지역이 되어 고향이라고 할 수 없다. 전근이 잦은 직업의 특성상 한곳에 오래 살지 못하여, 우리 형제들은 모두 고향이라 할 만한 곳이 없다.

내가 태어난 곳은 평택이었으나, 때마침 전근하셔서 출생 신고는 의정부에서 하였으며, 국민학교는 김포에서 입학하여 졸업은 수원에서 하였다. 태어나자마자 이사하여 평택은 고향이 될 수 없으며, 유년 시절을 보낸 의정부는 기억에 남아있는 추억이 거의 없어 고향이라는 기분이 들지 않는다.

국민학교 5학년 중반까지 살아서 어린 시절의 추억이 남아있는 김포는 원래 연고지도 아니었으며, 지금은 재개발로 인하여 아파트단지가 되어버려 고향으로 여기기에는 부족하다. 차라리 국민학교 때부터 정착하여 대학을 졸업하고, 취업 후 결혼하여 두 딸을 대학에 보낼 때까지 가장 오랜 기간 산 수원이 고향 같은 느낌이다.

'타향도 정이 들면 고향'이란 말처럼 내가 현재 사는 곳인 고양시가 고향이 될 수도 있겠지만, 이곳에는 가깝게 지내는 이웃도 없고 마음에 맞는 친구도 없어서 좀처럼 고향으로 느낄 수 없다. 나의 경우뿐만 아니라 많은 사람이 전통적인 사고방식에서 의미하는 고향이 없다.

그러나 '마음의 고향'이라는 말도 있듯이 마음속에 깊이 간직한 그립고 정다우며 찾아가고 싶은 곳은 있다. 비록 태어나서 자란 곳은 아닐지라도 언제든 힘들면 의지할 만한 마음의 안식처가 되는 곳이 바로 마음의 고향이다. 나는 '고향'하면 한적하고 여유로우며 평화스러운 곳을 떠올리게 된다.

이는 추억으로만 남은 어린 시절 김포의 모습과 닮았기 때문일지도 모른다. 그곳은 도시에서 태어난 사람이라도 고향의 이미지로 상상하게 되는 곳이며, 정지용의 시 '향수'에서 묘사된 "넓은 벌 동쪽 끝으로 실개천이 휘돌아 나가고, 얼룩백이 황소가 게으른 울음을 우는 곳"과 같은 모습이다.

무릉도원(武陵桃源)이나 유토피아(Utopia)는 사람들이 고향을 그리워하며 상상 속에서 만들어 낸 이상향(理想鄕)일지도 모르겠다. 고향에 대한 그리움과 믿음은 삶에 힘들어하는 사람들에게 힘이 된다. 나는 힐링(healing)이 필요할 때 한적한 시골로 떠나고 싶어진다.

34.
가지 못한 길

흔히 노인은 추억을 먹고 산다고 한다. 젊은 시절에는 지난날을 생각하기보다는 현재에 집중하고 미래의 목표를 향해 열심히 살아가지만, 은퇴하고 노인이 되면 앞으로의 일보다는 과거를 되돌아보는 시간을 더 많이 갖게 된다. 프로기사들이 한판의 바둑을 둔 후에 복기(復棋)하듯이 인생을 회상하게 된다.

그동안에는 바쁘게 살아오느라 생각할 여유도 없었으나 시간적 여유가 생김에 따라 과거를 돌아보게 된다. 아름다웠던 추억이나 행복했던 순간을 떠올리기도 하고, 후회되는 일을 반성해보기도 한다. 또는 일생을 살아오며 겪었던 수많은 선택의 갈림길에서 "다른 길로 갔더라면 지금의 나는 어떻게 변해 있을까?"라는 생각을 해보기도 한다.

나의 경우 과거의 추억을 떠올리면 아무런 걱정 없이 뛰놀던 어린 시절과 도산 안창호에 심취하여 흥사단 아카데미 활동을 열심히 하던 고등학생 시절이 제일 먼저 생각난다. 가장 행복했던 시기는 결혼 초의 신혼 시절이었고, 가장 보람 있었던 시기는 마요네즈 연구에 몰두하였던 오뚜기 연구원 시절이었다.

지금의 김포는 많이 개발되어 현대적 도시의 면모를 갖추고 있지만 내 어린 시절에는 전형적인 농촌이었다. 집 근처의 동산이나 개울, 그리 멀지 않은 곳에 자리 잡은 논은 나의 놀이터였다. 또래의 동네 친구들과 함께 사계절 내내 해가 질 때까지 휘젓고 다니던 그곳은 나의 어릴 적 추억이 담긴 곳이다.

내가 다녔던 성남고등학교는 한 학년에 600명이 넘을 정도로 제법 규모가 있는 학교였으나 나에게는 친하게 지냈거나 지금도 만나고 있는 동창생이 그리 많지 않다. 그 이유는 동창들보다는 아카데미에서 만난 다른 고등학교에 다니는 친구들과 어울리는 시간이 훨씬 많았기 때문이다. 나의 고등학생 시절은 아카데미를 빼놓고는 의미가 없을 정도로 아카데미에 올인(all in)하였었다.

우리의 삶은 선택의 연속이며, 태어나면서부터 선택의 갈림길에 섰다고 말할 수 있다. 그러나 어린 시절에는 나의 의지라기보다는 부모님의 결정에 따라 경로가 정해졌다. 중학교에 들어갈 때도 부모님의 말씀을 따라 입학시험을 쳤고, 낙방한 후에는 재수하였다. 재수 후에는 서울의 중학교가 무시험 추첨제로 변경되면서 어쩔 수 없이 수원에 있는 수원북중학교에 입학할 수밖에 없었다.

최초로 나의 판단에 따라 진로를 결정한 것은 고등학교에서 문과반과 이과반 중에서 이과를 선택한 일이었다. 그러나 그때에도 뚜렷한 목표나 적성이 맞아서 선택한 것은 아니었다. 그때 문과가 아니라 이과를 선택한 것을 후회하거나 아쉬워해 본 적은 없으나, 문과를 선택하였더라면 어떤 인생을 살았을까 궁금하기는 하다.

인생의 갈림길에서 본인의 희망과는 달리 어쩔 수 없는 상황 때문에 선택하게 되는 경우도 있다. 내가 서울대학교 농과대학을 입학하게 된 것은 당시 어려웠던 가정 형편이 큰 작용을 하였다. 등록금이 싼 곳을 고르다 보니 국립대학을 찾게 되었고, 서울로 가서 자취하거나 하숙할 여건이 안 되어 집에서 다닐 수 있는 수원에 있는 대학을 선택하게 된 것이다.

대학원에 진학하여 박사학위를 따고 교수도 되고 싶었으나 졸업 후에 취업을 선택한 것도 가정 형편 때문이었다. 이제와 생각해 보면 나의 적성은 누구를 가르치거나 연구를 하는 일이 맞는 것 같다. 나를 아는 주변의 지인들도 자주 그런 말을 하였고, 나 자신도 그런 일을 하는 것이 즐거웠다.

사실 나의 핏속에는 교육자의 피가 흐르고 있는지도 모르겠다. 나의 할아버지, 아버지, 큰형과 동생을 비롯하여 당숙이나 조카를 포함하여 5촌 이내의 친족 중에 대학교수나 중·고등학교 교사를 지낸 사람이 10명이 넘는다. 가히 우리 집안의 가업이 교육이라고 할 만하다.

내 인생에서 크게 아쉬움으로 남는 일이 있다면 마요네즈에 관한 연구를 좀 더 깊게 하고 싶었으나 회사의 전보 발령으로 중단된 것이다. 오뚜기와 기술제휴 관계에 있었던 일본의 큐피(キューピー) 연구소에서와 같이 본인의 진로를 선택할 수 있는 제도가 있었다면 나는 연구원의 길을 갔을 것이다.

지금까지 유지되고 있는지는 모르겠으나 내가 마요네즈 연수를 위하여 자주 출장을 갔던 1980년대의 큐피 연구소에는 과장을 달 즈음에서 관리자로 성장하기를 원하는 사람은 연구직에서 벗어나 관리직으로 직종을 변경하고, 계속 연구하고 싶은 사람만 연구직으로 남는 제도가 있었다.

어떤 조사에 의하면 죽음이 임박한 노인들이 자신의 삶에서 후회스러운 일을 꼽을 때, 하지 않은 것에 대한 후회가 잘못 선택한 일에 대한 후회보다 훨씬 많았다고 한다. 그리고 가족을 돌보기 위해 자신이 하고 싶은 일을 하지 못하였고, 자신의 삶을 살지 못하고 주위 사람들에게 보이기 위한 삶을 산 것을 후회하였다고 한다.

나 역시 과감한 도전이나 새로운 시도를 해보지 못하고 무난하고 평범한 삶을 살아온 것이 조금은 후회된다. 나는 어릴 적부터 부모님 말씀을 잘 따르는 편이었고, 스스로 공부도 잘하여 학창 시절 내내 상위권 성적을 유지하였다. 대학을 졸업한 후에는 안정적인 회사에 취직하고, 결혼하여 비교적 평탄한 삶을 살아왔다.

직장에 다니는 동안에 권태로웠던 때도 있었고 불만스러운 때도 있었으나, 가정의 안정을 깨뜨릴 위험을 감수하여야 하는 변화를 선택하지 못하였다. 다른 선택을 하였을 경우 성공했으리라는 보장은 없으나, 과감히 사표를 내고 다른 일을 시도해보지도 못하고 만족스럽지 않은 생활에 안주해버린 것이 후회된다.

그리고 대부분의 우리나라 남자들이 그렇듯이 감정표현에 서툴러 '사랑한다', '고맙다', '미안하다'라는 말을 잘 하지 못하고 살아온 것이 후회된다. 나이가 들면서 비로소 인생에서 진정 중요한 것은 '사랑', '건강', '가족', '친구' 등이라는 것을 알게 되었다. "노년이 좋아야 인생이 아름답다"라는 말이 있다. 이제부터라도 내가 하고 싶은 것을 하고, 가족이나 친구와 많은 시간을 함께하고 싶다.

35.
새해를 맞으며

　시간의 흐름 속에 어김없이 계묘년(癸卯年)이 시작되었다. 어제와 다름없는 오늘이고 같은 태양이 떠오르는 것인데 모든 사람이 며칠 전부터 새해맞이에 분주하고, 오늘의 해돋이를 보기 위해 동해안이나 높은 산으로 가려고 어두운 새벽부터 찬 기운을 무릅쓰고 서두른다.

　생각해보면 1월 1일이나 12월 31일이나 1년 365일 중 하루일 뿐이다. 1월 1일이라고 특별한 날은 아니며, 이날이 새해의 첫날로 정해진 것도 특별한 이유가 있는 것은 아니다. 또한 대부분의 국가에서는 태양력(그레고리력)을 사용하고 있지만, 일부의 국가나 문화권에서는 다른 날이 새해의 첫날로 인식되고 있다.

　태양력의 1월 1일은 춘분으로부터 약 79일 전으로 천문학적으로는 별 의미가 없다. 1월 1일의 기원은 율리우스력 이

전의 로마 달력에서 비롯된 것이라고 하나 정확한 사유는 확실하지 않다. 동로마제국의 전통을 잇는 정교회의 교회력으로는 아직도 율리우스력이 사용되고 있으며, 이에 따르면 올해(2023년)의 경우 1월 14일이 새해의 첫날이 된다.

이슬람 문화권에서는 이슬람 음력의 첫 달인 무하람의 첫날을 새해의 시작으로 보며, 올해의 경우는 태양력 7월 21일에 해당한다. 중국을 비롯하여 한자문화권에서 사용하는 음력으로는 태양력 1월 22일이 올해의 첫날이 된다. 그러나 음력을 사용하는 대부분의 나라들도 실제 신년의 의미보다는 한국의 설날처럼 전통명절의 의미로 기념한다.

이처럼 전 세계 국가들 대부분이 새해 첫날로 인식하는 태양력 1월 1일도 새해를 맞이하는 시간은 조금씩 다르다. 그 이유는 임의로 설정된 날짜변경선과 각 나라에서 채택한 표준시에 따라 날짜변경선의 바로 왼쪽에 있는 지역부터 새해가 시작되기 때문이다.

인간과는 관계없이 진행되는 시간의 흐름에 사람들이 의미를 부여함에 따라 1월 1일은 특별한 날이 되었다. 이와 같은 일은 비단 시간에만 적용되는 것은 아니다. 빛, 어둠, 하늘, 땅, 산, 바다 등 우리 주변에 있는 모든 사물을 비롯하여 사랑, 믿음, 슬픔 등 추상적인 개념까지 사람들이 의미를 부여하고 이름을 지어주었을 때 비로소 특별한 것이 된다.

김춘수 시인의 '꽃'이라는 시는 이름이 가지는 상징성을 잘 표현하고 있다. 그 시의 일부를 인용하면 다음과 같다.

내가 그의 이름을 불러주었을 때,

그는 나에게로 와서

꽃이 되었다.

사람들도 모두 이름을 갖고 있으며, 이름이 있기 때문에 그의 존재를 인식하고 다른 사람과 구분할 수 있게 된다. 아이가 태어나면 모두 이름을 짓고 출생신고를 하여 하나의 인격체로 인정받게 한다. 이름도 없고 출생신고도 하지 않았다면 그는 이 세상에 존재하지만 존재하지 않는 사람으로 취급될 것이다.

이처럼 어떤 사람의 이름은 그 사람의 정체성을 대변하는 것이며, 그의 존재 의미를 나타내는 것이다. 그만큼 이름이 갖는 무게감은 대단한 것이다. 사람들이 명예를 중요시하고, 명예에 손상을 입게 되었을 때 분노하게 되는 것은 이름이 그만큼 소중하기 때문이다.

사람의 이름에는 성명(姓名) 말고도 아버지, 어머니, 선생님, 사장님, 의원님 등 그의 위치나 지위를 나타내는 것도 있다. 그런데 세상에는 '이름값'을 못하는 사람들도 많이 있다. 나 자신은 나의 이름에 걸맞게 살아가고 있으며, 이름에 흠집을 내는 일은 하지 않았는지 새해를 맞으며 반성해 본다.

36.
인생과 여행

어떤 조사에 의하면 오랜 직장 생활 끝에 은퇴한 사람들이 가장 하고 싶은 일은 여행이 압도적으로 1위였다고 한다. 나 역시 회사를 다닐 때는 자유롭게 여행을 떠날 여건이 안 되어 막연히 여행을 동경하였으며, 퇴사 후 가장 해보고 싶은 것이 여행이었다.

코로나로 인하여 해외여행을 갈 수 없었을 때는 기회가 되는대로 국내여행을 하였다. 그러면서 국내에도 가보지 못한 곳이 많고, 외국의 유명한 관광지 못지않게 볼만한 곳도 많다는 것을 알게 되었다. 어느 정도 코로나 사태가 수습된 후에는 해외여행도 다녀왔다. 여행은 여행 그 자체로 새로운 경험이고 즐거움이었다.

흔히 인생을 여행에 비유하기도 한다. 나 역시 인생은 여행과 여러 면에서 닮았다고 생각한다. 우리 인생의 어린 시절,

학창 시절, 직장에 다니던 시절, 은퇴 후의 생활 등 각 단계는 여행을 꿈꾸고, 준비하고, 실행하며, 추억하는 여행의 각 단계와 유사하다.

누구나 어린 시절의 장래 희망은 구체성은 없어도 매우 거창하였으며, 모든 가능성이 열려있었다. 마찬가지로 어린 시절에는 특정한 목적지도 없이 막연한 여행을 꿈꿨다. 어린 시절의 꿈속에서는 우주여행이나 바닷속 여행은 물론이고, 밀림 오지나 사막과 눈 덮인 남극대륙도 여행할 수 있었다.

초등학교, 중학교, 고등학교, 대학교를 거치면서 장래 희망이나 진로가 비교적 구체화되며, 그의 실현을 위한 준비도 하게 된다. 여행도 목적지가 정해지면 그에 따른 준비를 하게 된다. 숙소를 예약하고, 교통편도 알아보며, 목적지에 대해서 알아보기도 한다.

마치 여행을 떠나기 전날 저녁 짐을 꾸리면서부터 들뜨기 시작하는 것처럼 학창 시절에는 앞으로 닥칠 직장 생활이나 자신의 꿈을 실현할 분야에 대해 부푼 기대를 품기도 한다. 여행의 기쁨 중 하나가 여행을 준비하며 짐을 챙기는 것이라는 말처럼 모두가 행복한 미래가 기다리고 있다고 생각한다.

그러나 직장 생활은 희망이 아니라 현실이다. 모든 일은 계획대로 착착 진행되지도 않고, 예상치 못한 상황과 사건에 마주치게 된다. 때로는 실패와 좌절을 겪기도 하고, 뜻밖의 인연을 만나 좋은 성과를 내기도 한다. 계획은 계획일 뿐 언제나 주어진 상황을 헤쳐 나가야 한다.

여행도 마찬가지다. 여러 변수가 발생하기도 하고, 기대하였던 만큼 충족되지도 않는다. 기상악화로 비행기가 결항하기도 하고, 아름다운 풍광을 볼 수 없는 경우가 발생하기도 한다. 유명하다는 관광지나 맛집은 이름만큼의 감동을 주지 못하기도 한다. 그러나 때로는 기대하지 않았던 장소에서 감동과 즐거움을 느끼기도 한다.

또한 여행은 즐거움이자 고된 일과의 연속이다. 평소보다 일찍 일어나야 하고, 늦게 자기도 하며, 많이 걸어야 하기 때문에 체력이 버텨주어야 한다. 사회생활을 하면서도 자신이 목표로 하였던 일을 달성하려면 남들보다 더 많은 시간을 들여 노력하여야 하며, 동시에 건강관리도 잘하여야 한다.

여행은 끝이 있으며, 인생도 은퇴의 시기가 있다. 여행에서 돌아와서는 사진을 보며 여행을 추억하는 것처럼, 은퇴한 후에는 살아온 일생을 되돌아보게 된다. 여행 중에 닥쳤던 여러 어려움도 추억일 뿐이다. 은퇴 후의 생활은 여행을 끝내고 집으로 돌아와서 느끼는 편안함과 여유로움을 누리며 살고 싶다.

37.
결승선을 통과한 선수

흔히 인생을 마라톤에 비유하기도 한다. 마라톤은 42.195 km라는 긴 거리를 달려야 하므로 순식간에 승부가 결정되는 다른 육상종목과는 여러 면에서 차이가 있다. 경기 도중에는 여러 변수가 발생하기도 하며, 때로는 신체의 한계를 극복하여 온 힘을 다하여야 한다.

우리의 인생도 단거리 달리기처럼 금방 결정되는 것이 아니라 여러 굴곡을 겪으면서 경쟁하며 살아가게 된다. 마라톤처럼 오랜 준비기간을 거쳐 사회에 진출하게 되며, 살아가는 동안에도 자신을 관리하면서 전력을 다하여 목표를 향해 나아가야 한다.

어느 시기나 경쟁하며 살지 않은 때가 없으나 특히 우리 세대는 심한 경쟁 속에서 살아왔다. 어느 나라든 전쟁 이후에 출산율이 급격히 증가하는 양상을 보이며, 우리나라에서는 6·25

전쟁 직후인 1955~63년에 태어난 사람들을 '베이비붐(baby boom) 세대'라고 부른다.

전쟁으로 모든 사회적 기반이 사라졌기 때문에 학생 수에 비하여 학교는 턱없이 부족하였다. 우리가 학교에 다닐 때는 한 반에 60명이 넘는 콩나물시루 같은 교실이 일반적이었으며, 국민학교 저학년의 경우에는 오전반과 오후반으로 나누어 수업하는 경우도 많았다. 이처럼 학생 수가 많았기 때문에 경쟁은 필연적이었다.

우리나라뿐만 아니라 전 세계 베이비붐 세대들의 공통점은 전쟁으로 망가진 국가의 재건을 책임졌으며, 성공과 부를 갈망하는 것은 숙명과도 같았다. 대학 진학은 곧 경제적, 사회적 성공을 의미하였으므로, 모든 시간과 노력이 입시 준비에 집중되었다. 내 생애 전체를 통하여 고등학교 3학년 때만큼 하나의 목적을 위해 몰두하였던 시기는 없었던 것 같다.

'트리나 폴러스(Trina Paulus)'의 「꽃들에게 희망을」에 나오는 애벌레처럼 학생 시절은 물론이고 사회에 진출한 후에도 경쟁은 지속되었다. 우리는 높은 곳으로 오르기 위해서 모든 수단을 동원하였으며, 때로는 경쟁자를 제치고 올라가기도 하였고, 자신의 자리를 지키기 위하여 발버둥 치기도 하였다.

그리고 우리는 격랑의 세월을 겪으며 살아왔다. 8·15해방

이후 가장 큰 사건이었던 6·25전쟁은 겪지 못하였으나, 철부지 어린 시절에 4·19혁명과 5·16군사정변이 일어났으며, 철이 조금 들기 시작한 고등학생 시절에는 유신체제를 경험하였고, 대학생 시절에는 부마민주항쟁과 5·18광주민주화운동을 경험하였다.

1988년 서울올림픽과 2002년 한일월드컵의 열광에도 동참하였으며, 정권을 흔든 촛불집회도 지켜보았다. 군사정권에서 문민정부로 정권이 이양되는 것을 지켜보았고, 국가 부도 위기였던 IMF 사태도 겪어보았다. 남북정상회담으로 통일의 희망을 꿈꾸기도 하였지만, 북한의 도발로 좌절을 느끼기도 하였다.

이처럼 우리 베이비붐 세대는 역사적으로 큰 사건들을 몸으로 겪으며 살아왔다. 그 와중에도 6·25전쟁 직후 국제적으로 최빈국 중의 하나였던 대한민국을 세계 10위권의 경제 강국으로 성장시키는데 이바지하였다. 우리는 부와 출세를 최고의 가치로 여기며 앞만 보고 달리는 경주마처럼 살아왔다.

앞에 인용한 책에서 애벌레 기둥이 하나가 아니라 여러 개였던 것처럼 모든 사람이 한 분야의 삶을 살아오지는 않았다. 나의 경우는 대학에서 식품공학을 전공하고 사회에 진출하여 오뚜기에서 약 22년 근무하고, 엠디에스코리아에서 약 18년 근무하여 40여 년을 식품과 함께하였다.

식품의 여러 분야 중에서도 마요네즈 분야에 관해서는 국내 정상의 자리에 올랐다고 자부할 수 있으며, 그 경험과 지식을 담아 「마요네즈 길라잡이」라는 책을 저술하기도 하였다. 한 분야에서 정상에 오른 사람은 다른 분야를 보는 안목도 커진다고 한다. 그 덕택인지 나와는 다른 삶을 살아온 사람들을 이해하는 데 큰 어려움을 느끼지 않는 편이다.

은퇴 후에는 결승선을 통과한 마라톤 선수처럼 경쟁에서 벗어나 휴식과 함께 되돌아보는 시간을 갖게 되었다. 더 이상 물질적인 욕망에 매달리지 않게 되자 정신적인 여유를 갖게 되고, 정상에 오르기 위해 기울였던 모든 시간과 노력이 그만큼 가치가 있었던 것인가 반추하게 된다.

경쟁에서 살아남아 높은 곳에 올랐어도 자신이 지나온 삶에 대한 회한(悔恨)이 남는다. 세월이 가르쳐 준 교훈 덕택에 정상에 오르기 위해서는 애벌레처럼 경쟁에서 이기는 길뿐만 아니라 나비가 되어 날아오르는 방법도 있다는 깨우침도 얻게 되었다. 그리고 내 이웃에 있는 사람들은 경쟁상대가 아니라 함께 살아가야 하는 동료라는 점도 알게 되었다.

38.

은퇴 증후군

성숙기에서 노년기로 접어들며 성(性)호르몬이 감소하여 신체의 변화가 심해지게 되는 시기를 갱년기(更年期)라고 한다. 여성의 경우에는 폐경과 함께 생식기능이 정지되며 단기간에 급격하게 나타나기 때문에 갱년기라 하면 주로 여성이 겪는 증상으로 여겨지지만 우리나라 남성 중 약 30%도 갱년기 증상을 경험한다고 한다.

남성의 갱년기 증상은 남자다움을 발현시키는 테스토스테론(testosterone)이란 호르몬의 감소 때문에 발생한다. 주로 성욕 감퇴, 발기부전 등 성생활과 관련된 증상이 먼저 나타나고, 그 외에도 무기력감, 만성 피로, 집중력 저하, 체모(體毛) 감소, 근력 저하, 피부 노화 등이 나타난다고 한다.

신체적인 변화와 함께 갱년기에는 우울증, 불면증, 자신감 상실 등의 심리적 변화도 나타난다. 사소한 일에도 쉽게 짜증을 내고, 여성처럼 감성에 젖어 눈물을 보이기도 한다. 개인에 따라 차이는 있을 수 있으나 남성의 갱년기는 대개 은퇴시기와 겹치게 된다.

은퇴 이후에도 활기차게 활동하는 사람도 있으나 은퇴자 대부분은 특별히 하는 일이 없이 하루를 보내게 된다. 마치 주연으로 바쁘게 활동하던 배우가 어느 날 갑자기 엑스트라가 되어 길거리를 왔다 갔다 하는 역할을 맡은 것처럼 은퇴 후의 생활에 적응하지 못한다. 은퇴를 하면서 권위와 명예, 사회적 지위 등 모든 것을 잃은 것 같은 느낌이 들게 된다.

그러다 보면 "이제까지 무엇을 위해 살았나?"라는 생각이 들고, 자신의 정체성에 의문을 품게 된다. 열심히 살며 가족을 부양하던 부담감에서 벗어났다는 해방감보다는 '뒷방 늙은이'로 전락한 공허감과 갱년기에 따른 우울감이 겹쳐 삶의 의욕이 떨어지게 된다.

더 이상 보람 있는 일을 할 수 없게 되었다고 느끼게 되었을 때 사실상 남자의 삶은 끝난 것이며, 육체적으로는 살아있어도 정신적으로는 사망 상태라고 할 수 있다. 은퇴로 인해 겪는 변화 때문에 생기는 상실감, 소외감, 허탈감, 무력감, 외로움, 우울증 등과 그로 인해 파생된 슬픔이나 분노와 같은 감정 상태를 은퇴 증후군(隱退症候群)이라고 한다.

은퇴 이후 삶의 변화 중에서 가장 큰 것은 하루 일과 중 대부분을 차지하였던 직장 생활과 단절되고, 그동안 소홀히 하였던 가족이나 지역 중심의 생활환경에 강제로 편입된다는 것이다. 지금까지 업무상 관계를 맺고 지내오던 사람들 대부분과 단절되고, 서먹한 사람들과 생활하게 되어 마치 전혀 다른 분야의 회사에 신입사원으로 입사한 기분이 된다.

여성의 경우 신체적으로는 갱년기의 어려움을 겪을지라도 대부분 생활환경의 변화는 없이 종전의 삶이 유지된다. 가정 내의 일상생활을 비롯하여 가족 및 친척이나 이웃과의 인간적 유대관계는 주로 여성의 몫이었으며, 이런 이유로 은퇴 이후에 가정의 주도권은 여성이 쥐게 되는 것이 보통이다.

나는 회사에 입사한 후 어느 해부터 신년 계획을 세우지 않게 되었다. 야심차게 설계하였던 계획이 회사의 인사발령이나 상사의 업무지시 등에 의해 무용지물이 되는 경험을 여러 차례 겪은 결과이다. 직장 생활을 하면서 다양한 불만 사항이 있었지만 그중에서도 가장 큰 것은 자기 주도적인 삶을 살지 못하였다는 점이다.

나의 하루 24시간을 내 마음대로 쓰지 못하고, 직장을 중심으로 짜인 일과에 맞추어야 했으며, 그 일과조차 나의 의지가 아닌 사장이나 상사의 업무지시에 의해 정해진 것이었다.

이런 수동적인 삶을 수십 년 살다 보니 자신의 의지에 의한 능동적인 삶에 대한 동경이 있었다.

은퇴 후에는 자기 주도적인 삶을 살 줄 알았는데 아내가 주관하는 삶의 테두리에 종속되는 느낌이다. 청소, 세탁, 식사 준비 등 일상적인 살림살이에서부터 손주 돌보기, 집안 행사 참여와 같은 기본적인 사회생활까지 아내의 보조역할을 하며 수동적인 삶이 계속되고 있다.

회사에 매달려 지내온 시간 동안 공감대를 형성하지 못하였기 때문에 두 딸은 나보다 아내를 더 찾고, 멀어져 버린 감정의 거리를 따라잡을 수가 없다. 아내와 많은 시간을 보내길 원하지만 아내는 그동안 맺어왔던 인간관계 때문에 나보다는 친구나 교회 지인들과 더 많은 시간을 보낸다. 함께 있는 시간에도 핸드폰으로 주고받는 통화나 메시지 때문에 홀로 있는 것과 별반 다르지 않은 경우가 많다.

은퇴자들은 보통 취미생활, 봉사활동, 새로운 일에의 도전, 동창회를 비롯한 사교모임 등으로 은퇴 증후군을 극복한다. 불행하게도 나의 경우에는 은퇴시기와 코로나로 인한 사회적 격리가 겹쳐서 외부 활동을 자유롭게 할 수가 없었다. 내가 여러 권의 책을 집필하게 된 것도 이와 무관하지 않다.

이제 인류의 삶 자체를 변화시켰던 코로나 사태도 긴 터널의 끝이 보이기 시작한다. 그리고 해를 거듭하며 은퇴 직후의 무력감도 엷어지고 낯선 생활환경에도 적응해 가고 있다. 반복되는 무료한 일상에서 마음 내려놓기를 배워가는 중이다. 질주하듯 살아왔으니 이제 여유로운 시간을 즐길 때도 되었다고 생각한다.

39.
검은 머리 파뿌리 될 때까지

　결혼식에서 주례를 맡은 분들이 자주 하시는 말씀 중에 "검은 머리 파뿌리 될 때까지 백년해로하라"라는 것이 있다. 부부의 연을 맺었으니 늙어서 머리카락이 희어질 때까지 평생을 즐겁게 함께 살라는 의미다. 그리고 부부는 "즐거울 때나 괴로울 때나, 성할 때나 병들 때나 죽을 때까지 사랑하겠다"라고 혼인서약을 한다.

　그러나 많은 부부가 혼인 당시의 서약을 지키지 못하고 헤어진다. 이혼의 첫 번째 위기는 신혼 초기에 온다. 연애 시절에는 알 수 없었던 상대방의 결점이나 좋지 않은 습관 등을 결혼하여 함께 살면서 알게 되기 때문이다. 또는 알았더라도 사랑의 힘으로 극복할 수 있을 것이란 생각이 착각임을 깨닫게 되기도 한다.

　최근에는 '황혼이혼(黃昏離婚)'이 증가하고 있으며, 2021년의 인구통계를 보면 결혼 후 4년 이내의 신혼이혼보다 결혼 후 30년 이상 살다가 헤어지는 황혼이혼의 비율이 더 높다고 한다. 황혼이혼의 배경에는 사회적 인식 및 법의 변화와 평균수명이 늘어났다는 사실이 있으며, 은퇴라는 인생의 중요한 전환점이 계기가 된다.

종전에는 이혼에 대하여 사회적으로 부정적인 시각이 심하였으며, 가부장적인 유교 관념이 강하여 여성들이 부당함을 알면서도 인내하는 경우가 많았다. 더욱이 자녀가 있을 때는 자녀의 양육 문제나 자녀의 앞날을 위해서 이혼을 참기도 하였다. 그러나 이제는 예전과 달리 이혼이나 재혼 가정에 대한 사회적 인식이 많이 변하였다.

예전에는 이혼을 한 사람은 인생의 실패자라 여기는 분위기가 있었고, 이혼 가정에서 자란 아이들에 대한 편견도 있어서 이혼 사실을 숨기기도 하였다. 그러나 이제는 더 이상 이혼 사실을 숨기지도 않고, 행복해지기 위한 선택이라고 생각한다. 이런 사회 인식의 변화를 반영하여 TV에서는 새로운 예능 트렌드로 자리 잡았다.

여성들이 이혼을 망설였던 이유 중에는 경제적인 면도 큰 몫을 하였다. 그러나 이제는 이혼하더라도 경제적으로 자립할 수 있는 환경이 과거보다 나아졌다. 가사노동이 자산 형성에 이바지한 정도를 높게 인정하여 재산분할의 비율이 높아졌고, 배우자의 연금을 나누어 받을 수 있는 분할연금제도도 있기 때문이다.

평균수명이 늘어난 것도 황혼이혼의 증가에 영향을 주었다. 보통 혼인하고 자식을 낳아 결혼시키기까지 약 30년이 흐르게 되며, 자녀를 결혼시켜 독립시킬 때면 부모의 나이는 60세 전후가 된다. 평균수명이 70세에 미치지 못하였던 1980년대 이전까지만 하여도 10년 정도만 더 살면 부부 중 누군가는 사망하게 된다.

따라서 "기왕 30년을 버티며 살아왔는데 조금만 더 참으면 되지 굳이 이혼하여야 하는가?"라는 마음이 있었다. 그러나 이제는 한국인 평균수명이 80세를 넘기고, '100세 시대'라는 말이 유행처럼 번지면서 "앞으로 30~40년을 이렇게 더 살아야 하나?"라는 회의가 들기 시작한 것이다.

은퇴 전에는 대부분의 시간을 직장에서 보내기 때문에 함께 하는 시간이 별로 없었다. 그러나 은퇴 이후에는 24시간 집에서 생활하게 되고, 부부 둘이서만 살게 되어 자녀의 눈치도 볼 필요가 없게 되면서 결혼생활에 위기가 오게 된다. 살아오면서 쌓인 누적된 불만은 사소한 말다툼도 큰 불화로 번지게 된다.

은퇴한 남자들에게 '은퇴 증후군'이 있는 것처럼 여자들에게도 '은퇴 남편 증후군'이 있다. 이는 남편의 은퇴와 함께 아내의 스트레스 강도가 높아지면서 몸이 자주 아프고, 신경이 날카로워지는 증상을 말한다. 남편이 집에만 틀어박혀 있다 보니 남편이 없는 생활에 익숙했던 주부들은 생활 리듬이 깨지면서 심리적 부적응 상태에 빠지게 되는 것이다.

남편과 온종일 집에 같이 있다 보니 혼자만의 시간을 가질 수가 없고, 끼니마다 식사를 신경 쓰는 것도 귀찮다. 이것저것 참견하며 잔소리하는 남편 때문에 팔자에 없는 시집살이를 하는 기분이 들고, 집에 혼자 있는 남편이 마음에 걸려 외출을 줄이면서 친구들과의 교류가 점차 줄어들게 된다.

은퇴는 남편에게만 새로운 인생이 아니라 아내에게도 인생의 새로운 기회가 된다. 그동안 남편과 자식들의 뒷바라지 때문에 자신을 위한 시간이 없이 지냈으나, 남편의 은퇴와 더불어 자신의 삶을 찾으려 한다. 이런 변화도 모른 채 직장에 다닐 때와 마찬가지로 밥상 차려주기만 기다린다면 '삼식이' 소리를 들을 수밖에 없다.

남편은 은퇴 후에 부부가 함께하는 단란한 생활을 바라는 반면, 아내는 다른 식구들 돌보기에서 벗어나 좀 더 자유로워지고 싶어 한다. 이런 생각의 차이로 인해 은퇴 후에는 마찰이나 갈등이 잦아지게 된다. 상황이 나빠지면 그동안 억눌러왔던 불만과 원망이 폭발하게 된다.

은퇴하였다고 24시간 부부가 같이 생활할 수는 없으며, 각자의 시간도 필요하다. 아내가 이런저런 모임으로 집을 비우게 되면 혼자서 밥을 차려 먹기도 해야 한다. 평상시에노 밥상이 다 차려질 때까지 딴짓하기보다는 숟가락이라도 놓으면서 함께 밥상을 준비하는 것이 부부 화목에 도움이 된다.

갱년기를 겪으면서 성에 대한 흥미를 잃게 되어 섹스리스(sexless) 부부가 되는 경우가 흔하고, 자녀들이 출가하여 빈 방이 생기면서 자연스럽게 각방을 사용하기 시작한다. 젊은 시절부터 있었던 코골이가 더욱 심해진 느낌이 들어 각방을 사용하는 핑계가 되기도 한다.

한 집에서 방을 따로 쓰는 단계가 발전하면 각각 다른 집에서 살게 되는 별거(別居)가 되며, 나아가 졸혼(卒婚)의 단계가 된다. 졸혼은 법적으로는 혼인 관계를 유지하고 있으나, 남편과 아내로서의 의무와 책임에서 벗어나 각자의 여생을 자유롭게 사는 것으로 황혼이혼과 실질적으로 차이가 없다.

황혼이혼은 오랜 기간 참고 견디다가 내린 결정이며, 남은 인생을 본인의 의지대로 살고자 하는 욕구가 발현된 것이므로 젊은 시절의 이혼보다는 이혼 후의 만족도가 높다고 한다. 그러나 사람은 나이가 들수록 곁에 있어 줄 누군가가 필요하며, 배우자만큼 그 역할을 충실히 할 사람은 없기 때문에 되도록 이혼하지 않는 것이 더 좋다.

결혼생활을 유지하는 것은 거저 되는 것이 아니며 노력과 기술이 필요하다. 서로의 단점에 대해 불평하기보다 장점에 대해 감사하는 태도를 가져야 한다. 상대방과 의견이 다르더라도 존중하고 이해하여야 한다. 서로를 이해하기 위해서는 대화를 많이 하여야 하며, 함께 할 수 있는 취미를 찾는 것도 바람직하다.

노후를 행복하게 지내기 위해서는 그간 쌓였던 불만과 미움을 모두 떨쳐내고 새로 시작하는 것이 좋다. 그동안 서로에게 서운했던 점, 고쳐줬으면 하는 점 등을 솔직하게 말하는 시간을 갖는 것이 좋다. 은퇴 전과 후의 배우자가 같은 사람이 아니라는 생각으로 다툴 일을 최소화해야 한다.

40.
새벽잠을 깨우는 카톡 소리

　은퇴를 하게 되면 일반적으로 시간이 남고, 지난 세월을 추억하며 옛 인연들이 생각나게 되면서 없었던 동창 모임도 만들어지게 된다. 나 역시 내 의사와는 관계없이 몇몇 동창회 단체 카톡방에 초대되어 멤버가 되었으며, 일방적으로 올라오는 카톡을 받아볼 수밖에 없게 되었다.

　젊은 시절 한창 바쁘게 생활할 때는 자리에 누우면 5분 이내로 바로 잠에 빠질 수 있었다. 그러나 나이가 들면서 쉽게 잠을 이루지 못하고, 잠을 자도 깊은 잠을 이루지 못하여 사소한 소음에도 잠에서 깨게 된다. 한 번 잠에서 깨면 다시 잠들기 어려워 이리저리 뒤척이게 된다.

　겨우 잠을 이루었는데 난데없는 카톡 소리가 잠을 깨운다. 대부분은 긴급한 내용이 아니고 단체카톡방에 누군가가 글을 올린 것이다. 이런 카톡을 받으면 반가움보다 짜증이 난다. 이른 새벽이나 늦은 밤에 카톡을 보내는 것은 배려 없는 행동이며 민폐다.

우리는 서로가 서로에게 영향을 주고받으면서 살아가는 공동체 사회에서 살고 있으며, 배려 부족은 일상생활 속에서 갈등을 빚어내게 된다. 배려 없는 카톡 발송은 발송자의 의도와는 다르게 단체카톡방이 활성화되기보다는 자진 탈퇴하는 구성원을 늘릴 뿐이다.

우리 사회는 법과 규칙만으로는 지켜질 수 없으며, 배려나 양보와 같이 다른 사람을 헤아리는 마음이 있어야 원만하게 살아갈 수 있다. 배려와 양보는 사소한 관심에서 출발하며, 타인을 위하는 따뜻한 마음에서 우러난다. 배려와 양보는 그 사람의 인품과 교양을 들어내는 것이다.

배려와 양보는 모두 우리의 삶을 윤택하게 하는 윤활유와 같은 것이지만, 나는 양보보다는 배려가 더 고귀한 마음 씀씀이이라고 생각한다. 양보는 눈앞에 보이는 사람을 위한 행동인 데 비하여 배려는 눈앞에 있는 사람뿐만 아니라 눈에 보이지 않는 누군지 알 수 없는 사람까지 생각하는 마음가짐이다.

예로서, 출입문에서 먼저 들어가기를 권하는 것은 양보이며, 뒷사람을 위해 문을 잡고 있는 것은 배려다. 지하철에서 노약자가 다가왔을 때 자리에서 일어나는 것은 양보이며, 노약자 보호석에 앉지 않고 자리를 비워두는 것은 배려다. 산책 길에서 마주 오는 사람을 위해 옆으로 비켜서는 것은 양보이며, 뒤에서 추월해 올 수도 있는 사람을 위해 길의 한쪽으로 치우쳐 걷는 것은 배려다.

여러 사람이 함께 사용하는 주차장에 제멋대로 주차한 차량은 기분을 불쾌하게 하며, 주차구간의 한가운데에 맞추어 주차함으로써 좌우에 주차하게 될 차량을 배려한 차량을 보면 운전자의 성품이 보인다. 우리는 일상에서 사소한 배려가 보이는 순간을 만나게 되면 그 배려에 감동하고 행복해진다.

읽은 지 오래되어 어디에서 읽은 것인지 기억도 나지 않고, 정확한 원문을 인용할 수도 없으나, 대략 다음과 같은 내용이었던 것으로 기억되는 아래의 글은 진정한 배려가 무엇인지 잘 보여주는 사례라고 할 수 있다.

시내버스가 어느 정류장에서 손님들을 태우고 있었다. 맨 마지막으로 거동이 불편한 장애인이 타려고 할 때 운전기사가 걱정스러운 표정으로 전방을 주시하기 시작하였다. 차 안에 있던 승객들은 무슨 일이 생긴 것인가 하고 모두 운전기사를 따라서 전방을 살폈다. 그 사이에 장애인은 남의 시선을 의식하지 않고 버스에 승차할 수 있었다. 그리고 운전기사와 장애인은 다른 사람들이 눈치채지 못할 만큼 짧은 시간 눈을 마주치며 미소를 지었다. 장애인을 배려한 운전기사의 기지가 빛을 발하는 순간이었다.

나는 아침에 산책하며 글쓰기 구상을 하거나 하루의 일과를 계획하기도 하는데, 산책길에 음악을 크게 틀거나 라디오의 볼륨을 높여 시끄럽게 하는 사람을 만나면 방해받아 불쾌감을 느끼게 된다. 이런 때는 이어폰을 사용하여 다른 사람에게 피해가 가지 않도록 하는 배려가 아쉽다.

41.
나의 좌우명

　사람들은 누구나 세상을 살면서 옳은 것, 바람직한 것, 해야 할 것 또는 하지 말아야 할 것 등에 관한 자신만의 기준을 가지고 삶을 살아간다. 이를 그 사람의 가치관(價値觀)이라고도 하고, 좌우명(座右銘)이라고도 한다. 나의 경우는 '성실(誠實)'을 내 삶의 기준으로 여기고 있다.

　얼마 전에 영등포역에서 무궁화호가 탈선하여 모든 열차의 운행이 지연된 사고가 있었다. 마침 부산에 일이 있어 내려갔던 아내는 KTX를 타고 서울로 돌아오는 길이었다. 원래대로라면 오후 10시가 조금 넘은 시간이면 서울역에 도착할 예정이었으나 2시간 30분 정도 연착하여 실제 도착한 것은 12시 30분이 넘은 시간이었다.

　갑작스러운 사고와 연착으로 서울역 주변은 큰 혼란을 겪게 되었으며, 얼마간 택시를 잡으려고 노력하다 포기하고 가까스로 집 방향으로 오는 심야버스를 타고 빙빙 돌아서 집에 도착한 시간은 3시가 가까운 시간이었다. 원래의 예정대로라면 늦어도 11시 30분경에는 집에 올 수 있었으니 무려 3시간 이상 더 소요된 것이다.

도로 사정에 영향을 많이 받는 버스나 자동차에 비해 기차나 비행기는 비교적 정해진 시간에 출발과 도착이 이루어지는 것이 일반적이다. 이는 사회적으로 합의된 약속이라 할 수 있다. 그런데 예정된 시간에 출발하지 않거나 연착하게 되면 위의 사례와 같이 많은 혼란과 불편함을 주게 된다.

파급 효과가 크지는 않을지라도 개인 간의 약속도 마찬가지다. 약속이 지켜지지 않았을 때 상대방에게는 유형무형의 손실을 끼치게 되며, 나에 대한 신뢰에도 흠집이 생기게 된다. 따라서 나는 지킬 수 없는 약속을 함부로 하지 않고, 한 번 한 약속은 반드시 지키려고 노력한다.

일반적인 약속은 상대방이 있다. 그런데 상대방이 없는 나자신과의 약속은 '성실'이라고 하겠다. 배려가 우리 사회를 윤택하게 하는 윤활유와 같은 것이라면 성실은 신뢰 관계를 형성하여 우리 사회를 지탱하는 든든한 기둥과 같다고 할 수 있다. 사회공동체를 유지하기 위해서 모든 것을 법과 규칙으로 정할 수는 없으며 배려나 성실과 같은 자율규제가 필요하다.

따라서 우리나라의 가장 기본적인 법을 구성하는 6법 중의 하나인 민법(民法)의 바탕에도 '신의성실의 원칙'이 적용되고 있다. 민법 제2조 1항은 "권리의 행사와 의무의 이행은 신의에 좇아 성실히 하여야 한다"라고 되어있다. 이는 모든 사항을 일일이 법률로 규정할 수 없어서 포괄적으로 표현한 것이다.

　나는 평생을 성실하게 살려고 노력하였으며, 이런 나를 융통성이 없다거나 요령이 없다고 지적하는 사람도 있었다. 고등학생 시절에는 이런 나의 태도가 "너무 모범생 티가 난다"라고 친구들에게 거부감을 주기도 하였고, 몇몇 친구들이 모여서 모임을 만들 때 내가 배제되는 사유가 되기도 하였다.

　회사에 다닐 때도 상사가 좋아할 만한 이야기만 하는 눈치보기나 아부와는 거리가 멀었고, 내가 판단한 바를 솔직히 이야기하는 편이었다. 이런 태도가 상사의 의견에 반대되거나 귀에 거슬리는 경우도 있었을 것이다. 이로 인해 인사고과에서 불이익을 당하였을 수도 있다. 그 당시에는 손해를 보았겠지만 길게 보아서는 나의 말에 무게감을 실어주는 신뢰도를 높였을 것으로 믿는다.

　성실하게 산다는 것은 어려운 일이며, 때로는 유혹을 받기도 한다. 성실하다는 것은 양심에 비추어 속임이 없는 행동거지이며, 참되고 진실한 것을 추구하는 것이고, 게을리하지 않고 꾸준히 노력하는 것을 말한다. 나의 이런 가치관은 고등학생 시절에 알게 되어 내가 가장 존경하는 도산 안창호의 영향이 크다.

도산의 말씀 중에서도 "죽더라도 거짓이 없어라", "꿈에라도 성실을 잃었거든 통회하라", "진리는 반드시 따르는 자가 있고, 정의는 반드시 이루는 날이 있다" 등은 내가 가장 좋아하는 것이다. 지금까지 살아오면서 항상 지키지는 못하였으나 언제나 이 말씀들을 명심하였고, 나 자신에게 부끄러움이 없는 삶을 살려고 노력하였다.

도산이 1913년에 설립한 흥사단(興士團)은 100여 년이 지난 현재까지도 활동하고 있는 시민운동단체이며, 가장 중심이 되는 사상은 '무실(務實)'과 '역행(力行)'이다. 흥사단에서 말하는 무실이란 "실질을 존중하고 참되기를 힘쓰자"라는 것이고, 역행이란 "빈말보다는 실천을 중요시하고 목표를 향하여 꾸준히 노력하자"라는 것이다.

오뚜기에 입사하여 오랜 기간 마요네즈 연구원 생활을 한 것도 성실을 기본으로 하는 나의 가치관을 확립하는 데 일조하였다. 연구의 가장 핵심이 되는 것은 진리를 탐구하는 것이며, 연구에는 왕도(王道)가 없고 성실하게 노력하는 것만이 바른길이고 유일한 방법이다.

연구 과제를 수행하다 보면 시간에 쫓기기도 하였고, 빨리 답을 원하는 상사의 압박에 시달리기도 하였다. 이럴 때는 과제를 종결짓기 위하여 실험 결과를 조작해서 보고서를 내고 싶은 유혹에 빠지기도 하였다. 그러나 상사는 속일 수 있어도 나 자신은 속일 수 없었기 때문에 실천하지는 못했다.

더욱이 마요네즈는 거짓말을 하지 않기 때문에 소비자들을 속일 수도 없다. 아무리 관능평가 결과나 실험 결과의 수치를 조작하여 맛이나 물성에 대한 평가를 좋게 만들어 보고서를 작성하고, 제품을 시장에 내놓는 데 성공하여도 결국 소비자의 외면을 받게 되는 것이 진리다.

나의 모교인 서울대학교의 정장(正章)에는 '베리타스 룩스 메아(VERITAS LUX MEA)'라는 표어가 적혀있으며, 그 의미는 '진리는 나의 빛'이라는 뜻이다. "진리는 반드시 따르는 자가 있다"라는 도산의 말씀과도 일맥상통한다고 하겠다. 나는 성실을 진리로 삼아 죽는 날까지 살아가려 한다.

42.
바둑과 장기

우리나라에 바둑과 장기(將棋)가 들어온 시기는 삼국시대 및 고려 초로 추정되며, 아주 오랜 기간 우리 민족의 실내 오락게임으로 이어져 왔다. 두 게임은 1,000년이 넘는 동안 수많은 사람이 두었으나, 아직 똑같은 수순으로 진행된 경우가 없으며, 마치 그동안 살아온 사람들의 인생이 모두 다른 것과 같다. 따라서 바둑이나 장기를 '인생의 축소판'이라고도 한다.

바둑과 장기의 규칙에서 공통되는 기본 사항은 두 사람이 번갈아 가며 한 번씩 두며, 한 번 두면 무를 수 없다는 것이다. 가장 큰 차이는 바둑은 텅 비어있는 바둑판을 검은 돌과 흰 돌로 채워가면서 승부를 겨루며, 장기는 모든 기물(棋物)을 장기판 위에 배치한 후에 시작한다는 것이다.

바둑의 돌들은 판에 놓이기 전에는 모두 동등한 가치를 지니나, 일단 놓인 후에는 그 가치가 엄청나게 차이 난다. 특히 처음 포석 단계에서 놓이는 돌들은 상대적으로 큰 가치를 갖는다. 마치 모두 공평한 조건이라도 누가 먼저 시작하고, 누가 좋은 자리를 선점하느냐에 따라 성공하는 사람과 실패하는 사람이 나오는 것과 같다.

이에 비하여 장기의 경우에는 처음부터 각 기물의 기능이나 영향력이 정해져 있다. 그러나 그 능력의 차이는 '금수저'와 '흙수저'의 경우와 같이 각자의 성공에 영향을 주는 것이 아니라, 단체경기와 같이 상대의 '장(將)'을 잡거나 나의 '장(將)'을 보호하는데 협력하기 위해 발휘된다. 이는 인간의 사회가 각기 재능이 다른 사람들이 제 위치에서 자신의 역할을 함으로써 유지되는 것과 유사하다.

두 게임은 경기의 규칙이 매우 다르지만 승리하기 위해서 갖추어야 할 정신자세에서는 서로 유사한 점이 많고, 예로부터 전해져 오는 격언(格言)이나 속담도 많이 있다. 바둑이나 장기의 격언 중에는 인생을 살아가면서 도움이 되는 교훈을 주는 것도 많이 있다.

게임의 기본 규칙이기도 하면서 가장 많이 인용되는 격언은 '일수불퇴(一手不退)'이다. 이는 한 번 놓은 돌이나 기물은 절대 무를 수 없으니 신중히 선택해야 한다는 뜻이다. 반대로 "장고(長考) 끝에 악수(惡手) 둔다"라는 속담도 있다. 이는 한 가지 생각에 깊이 사로잡혀서 전체를 보지 못하여 그릇된 판단을 하게 되는 것을 경계하는 말이다.

'부득탐승(不得貪勝)'은 너무 이기려고만 하지 말고 마음을 편하게 가지라는 뜻이다. 바둑이나 장기는 승부를 다투는 게임이므로 승리에 욕심을 두는 것이 정상이나, 이렇게 승부에 연연하다 보면 심리적으로 위축되어 자신의 기량을 충분히 발휘하지 못하게 되는 것을 경계하는 말이다. 인생도 마찬가지로 너무 성공에만 집착하면 바람직한 삶을 살 수가 없다.

이와 유사한 장기 격언에 '조차불리(早車不利)'가 있다. 이는 가장 영향력이 큰 차(車)가 일찍부터 활동하면 장기가 불리해진다는 뜻이다. 인생에서도 일의 성과를 빨리 내기 위하여 급하게 서두르다 보면 낭패당하기 쉽다. "급하면 돌아가라"라는 속담처럼 서두르지 말고 순리에 따라 처리하는 것이 좋다.

'사소취대(捨小取大)'는 작은 것을 버리고 큰 것을 취하라는 것으로, 눈에 보이는 작은 이익에 현혹되지 말고 국면을 넓게 살펴 큰 이익을 취하라는 뜻이다. 이와 비슷한 의미로 '소탐대실(小貪大失)'이라는 것도 있다. 이는 작은 것을 탐하다 큰 것을 잃는다는 뜻이다. 삶을 살아가면서도 참고하여야 할 격언들이다.

'독졸단명(獨卒單名)'은 장기에서 홀로 있는 졸은 잡히기 쉽다는 뜻이다. 졸(卒) 또는 병(兵)은 한 번에 한 칸씩만 움직일 수 있으므로 상대방 기물의 공격에 대처하기 어렵고, 다른 기물의 보호가 없으면 쉽게 잡히고 만다. 그러나 두 개의 졸(卒)이 붙어있으면 서로 의지가 되어 쉽게 잡히지 않는다. 우리의 삶도 혼자서 살아가는 것보다 이웃과 더불어 살아가는 것이 더 안전하고 편하다.

'반외팔목(盤外八目)'은 바둑을 직접 두는 사람보다 옆에서 구경하는 사람이 여덟 집 정도는 유리하다는 말이다. 바둑이나 장기를 두는 당사자는 감정이나 승부욕에 휩쓸려 수의 변화를 냉정하게 보지 못하지만, 구경하는 사람은 승패에 연연하지 않기 때문에 마음이 평온하여 좋은 수를 발견할 수 있다. 인생에서도 어떤 상황에 맞닥뜨리더라도 감정에 치우치지 않고 이성적으로 판단하는 자세가 필요하다.

43.
흐르는 강물처럼

　은퇴 전에는 오롯이 나를 위해 쓰는 시간보다는 가정이나 회사를 위해 보내는 시간이 많았으며, 항상 무언가에 쫓기듯 바쁘게 살아왔다. 은퇴 후에 찾아온 가장 큰 변화는 마음대로 사용해도 되는 시간이 많아졌다는 것이다. 은퇴 전에는 바라 마지않던 일이었으나, 막상 지금은 그렇게 반가운 것만은 아니다.

　직장에 다닐 때는 일에 치여 취미나 여가 활동을 즐길 겨를이 없었고, 노후의 여가에 대해 생각해 보지 못했다. 그냥 "쉬고 싶다"라는 막연한 생각만으로 은퇴를 맞이하게 되었다. 지금은 갑자기 늘어난 시간을 주체하지 못하여 이 시간을 어떻게 보내야 할지 고민하게 된다.

　흔히 적당한 취미생활을 하며 노후를 보낼 것을 권유한다. 그러나 취미생활이나 여가 활동을 은퇴 이후로 미루고, 현역 시절에 특별한 준비를 하지 않은 탓에 은퇴 이후에 새로운 취미나 여가 활동을 시작한다는 것이 생각만큼 쉽지 않다. 취미나 여가 활동 역시 은퇴 준비에서 중요한 부분이라는 것을 이제야 알게 되었다.

노는 것도 놀아본 사람이 잘 논다고 약 70년을 살아오면서도 노는 방법을 잘 모르고, 내가 무엇을 좋아하는지도 모르겠다. 물론 나에게도 바둑이나 장기, 독서 등 취미라 할 만한 것은 있다. 그러나 그런 것들도 앞으로 남은 세월을 채워줄 만큼 시간과 열정을 바칠 정도는 아니다.

바둑이나 장기를 좋아하기는 하나 같이 상대할 친구나 지인이 가까이에 없으니 그저 TV에서 방영하는 대국을 시청할 뿐이고, 굳이 인근의 기원이나 공원 또는 경로당에 가서 처음 보는 사람과 대국할 정도는 아니다. 독서 역시 집 가까이에 도서관이 두 곳이나 있어 책을 마음대로 볼 수는 있으나 매일같이 찾아가지는 않는다.

은퇴 후에는 용돈이 넉넉하지 않아 골프와 같이 비용이 많이 드는 운동을 취미로 할 수는 없고, 상대적으로 비용이 덜 드는 당구나 탁구 같은 운동을 하게 된다고 한다. 나 역시 비용이 덜 드는 등산이나 올레길 걷기를 주로 하게 되며, 건강을 위하여 아침마다 빠르게 걷는 운동으로 하루를 시작하고 있다.

취미생활이 은퇴 후에 빼놓을 수 없는 필수조건 중의 하나가 되었다고 하여 남들이 하는 것을 보니 좋아 보여 따라 하는 취미생활을 하고 싶지는 않다. 정적(靜的)인 성향의 나에게 동적(動的)인 사람이 즐기는 취미가 좋아질 수 없으며, 동호회 등에 가입하여 새로운 사람을 사귀는 것도 부담스럽다.

많은 사람이 노후를 시골에서 농사를 지으며, 또는 도시 근교에서 전원주택을 짓고 텃밭을 가꾸며 살겠다고 이야기하고, 실제로 그런 생활을 하는 친구들도 있다. 그러나 나는 익숙하게 지내던 도시에서 벗어나 낯선 곳에서 새롭게 시작한다는 것이 두렵고, 만일에 대비하여 병원과 가까운 곳에 살고 싶다.

사람들은 문화센터나 교육프로그램에 참여하여 악기연주, 그림그리기, 요리, 목공, 원예 등 다양한 취미를 배우면서 새로운 친구도 사귀는 것이 좋다고 하고, 부부가 함께 즐길 공통 취미를 갖는 것이 좋다고도 한다. 또는 삶의 만족도를 높이려면 무언가 의미 있는 새로운 일거리를 찾는 것이 좋다고도 한다.

나 역시 하루 종일 TV나 보면서 무료하게 노후 생활을 지내기는 싫다. 그러나 억지로 취미나 새로운 일거리를 찾는 일도 마음이 내키지 않는다. 이제는 현역 시절처럼 무언가에 쫓기듯 조급하게 결정하지 않고, 흐르는 강물처럼 여유를 갖고 자연스럽게 되어가는 대로 살고 싶다.

적합한 취미가 있으면 좋고, 그것이 부부 공통의 취미라면 더욱 바람직하기는 하나, 취미가 꼭 있어야만 한다는 강박감에 억지로 찾으려고 하지는 않겠다. 아직 남은 생이 많으니 새로운 목표를 세운다거나 사회에 도움이 되는 활동을 하여야 한다는 부담감에서도 자유로워지고 싶다.

은퇴 후에는 본인에게 맞는 적절한 여가 활동이 있어야 삶의 만족도를 높일 수 있다는 어떤 연구 결과에 동의하지만, 적절한 여가 활동을 해야만 한다는 생각에 매몰되어 그것을 찾으려고 아등바등하는 것조차 마음에 짐을 지우는 행위이다. 이제는 무엇을 해야만 한다는 마음마저 내려놓고 홀가분한 삶을 살고 싶다.

44.

소소한 행복

회사에 다닐 때는 달력에 빨간 글씨가 있는 날은 특별한 날이었다. 그러나 은퇴 후에는 토요일이나 일요일은 물론이고 연휴가 있어도 그냥 평범한 하루에 불과하게 되었다. 요일과는 무관하게 어제와 똑같은 오늘이고, 내일도 오늘과 크게 다르지 않은 하루가 될 것이다.

은퇴를 하고 나이를 먹어감에 따라 사소한 것에 감사하고 행복해할 수 있게 되었다. 새삼스럽게 큰돈을 벌겠다는 허황된 꿈에 휘둘리지도 않고, 명예를 좇기보다는 내려놓기에 익숙해져 간다. 청춘의 열정적인 사랑을 기대하지 않고, 말없이 바라보며 미소 짓는 정(情)을 알아 간다.

아침에 건강하게 일어날 수 있는 것에 감사하며, 사랑하는 아내와 함께 밥상을 마주할 수 있는 행복에 감사한다. 결혼한 두 딸이 화목한 가정을 가꾸어 가는 것을 지켜보는 것이 즐겁고, 손자·손녀를 돌보아 주기도 하며 그들의 재롱을 보는 일도 즐겁다.

오랜 친구가 있어 서로 안부를 나눌 수 있어 행복하며, 때때로 만나 함께 식사와 술을 즐길 수 있어 행복하다. 지인의 자녀가 결혼하여 새로운 가정을 꾸리는 것을 축하해 술 수 있어 행복하며, 새 생명이 태어나고 돌을 맞이한 것을 축하해 줄 수 있어 행복하다.

일상 중에서 소소한 행복을 느끼며 '알렉산드르 솔제니친 (Aleksandr Solzhenitsyn)'의 단편소설 「이반 데니소비치의 하루」가 떠올랐다. 주인공은 가혹한 환경의 수용소에서 인간 이하의 대접을 받으며 살고 있으면서도 절망하거나 낙담하지 않고 하루하루를 충실하게 살려고 노력한다.

열악한 급식일망정 점심으로 죽 한 그릇을 더 먹을 수 있었던 것에 행복을 느끼며, 그가 속한 작업반이 찬바람에 바람막이조차 없는 곳에 배치되지 않고 잠시 몸을 녹일 난로도 있으며 크게 간섭받을 일도 없는 곳에서 벽돌쌓기 작업을 하게 된 것을 행운으로 여긴다.

나의 하루는 일어나자마자 아침 운동으로 아파트 옆을 흐르는 창릉천(昌陵川)을 따라 조성된 산책길을 빠르게 걷는 것으로 시작된다. 걷다 보면 매일 마주치게 되는 사람들이 있다. 이름도 모르지만 같은 시간에 매일 만나게 되니 왠지 반갑고 동질감을 느끼게 된다.

　사람뿐만 아니라 계절 따라 피어나는 꽃들을 보아도 반갑고 즐거운 마음이 든다. 봄에는 개나리, 벚꽃, 목련, 영산홍 등이 피고, 여름에는 토끼풀꽃, 메꽃, 달맞이꽃 등이 피며, 가을에는 코스모스, 들국화, 갈대 등이 핀다. 그 외에도 내가 미처 이름을 모르는 여러 야생화가 철 따라 나를 반겨준다. 겨울에는 밤새 내린 눈으로 온통 하얗게 변한 세상과 마른 가지에 맺힌 눈꽃을 보는 것이 즐겁다.

　조금 인기척이 나기만 하여도 놀라서 흩어지는 참새나 뱁새 무리와는 달리 발에 차일 듯이 가까워져서야 마지못한 듯 날아올랐다 내려앉기를 반복하는 비둘기를 비롯하여 하천변 나무에 둥지를 튼 까치와 물까치를 보는 것도 즐겁고, 어쩌다 자주 볼 수 없는 딱새, 꿩 등을 만나면 행운이 있을 것만 같다.

　물에서 왜가리, 백로, 흰뺨검둥오리, 청둥오리 등이 열심히 먹이활동을 하는 모습에서 일상의 평화로움을 느끼고, 드물게 발견할 수 있는 원앙새, 민물가마우지 등에는 반가운 마음이 든다. 갓 부화한 새끼 오리를 이끌고 나들이 나온 오리 가족을 보면 생명의 신비함을 느끼게 된다.

　아침을 깨우는 새의 지저귐 소리와 졸졸졸 흐르는 물소리를 들으면 콧노래로 화답하여야만 할 것 같은 기분을 느낀다. 비 온 뒤의 땅에서 느껴지는 흙냄새와 산책로를 관리하기 위하여 예초기로 베어낸 뒤의 풀냄새가 기분을 좋게 한다. 계절에 맞추어 변해가는 창릉천을 보면 행복은 멀리 있는 것이 아니라 가까운 주변에 있는 것임을 깨닫게 된다.